풍류향덕

덕률풍

덕을 펼치는 바람

이승민 장편소설

미래인

차례

나는 할 수 있다

대한제국 광무 6년(1902년) 3월, 한성

꽃샘추위에 부는 바람은 정말 못 견디게 차가웠다. 전차 정류장에 서 있는 사람들은 추위에 대비해 솜옷을 겹겹이 입고서도 몸을 바르르 떨었다. 어머니 치맛자락을 꼭 붙잡은 채 콧물을 줄줄 흘리는 어린애도 있고 추워서 턱을 위아래로 심하게 부딪치는 노인도 있었다. 봇짐을 멘 상인들은 바람을 등진 채 손을 호호 불었고, 등교하는 아이들은 발을 동동 굴렀다.

이들 무리 속에 유독 눈에 띄는 사람이 있었다. 키가 남들보다 머리 하나 이상 큰 장정 둘인데, 나이는 나보다 서너 살쯤 많아 보였다. 한 명은 머리를 아무렇게나 묶어 삐죽삐죽 튀어나왔고 턱 밑에는 무성하게 수염이 자라 있었다. 나머지 한 명은 그나마 단정하게 머리를 묶었지만 생김새가 퍽 험악해서 한번 인상을 쓰면 곰이라도 달아날 것 같았다.

그런 둘이 아까부터 나를 계속 쳐다보고 있다. 하긴 내 복장이 범상치 않지. 내가 입은 옷은 통신원 전무학당* 학도복으로 소매에 전신(電信)을 뜻하는 'Telegraph'의 이니셜인 'T' 자가 적

---

* 통신원은 우편·전신·전화 등 통신 분야의 전문 인력을 양성하는 기관으로 1900년에 설립되었고, 우리나라 최초의 체신 전문 학교인 전무학당을 세웠다.

혀 있고, 머리에는 한문 '電' 자가 쓰인 모자를 쓰고 있어 어디를 가나 눈에 띄니까.

"이런 젠장! 전차가 왜 이렇게 안 와! 이러다 얼어 죽겠네."

단정하게 머리를 묶은 장정이 갑자기 소리치며 발을 세게 굴렀다. 땅이 쿵쿵 울리는 바람에 누가 먼저랄 것도 없이 그에게서 멀찍이 떨어졌다.

"조길용. 좀 진정해. 사람들이 겁먹잖아."

잠깐. 조길용이라고? 설마 소학교 동무였던? 그럼 길용이 옆에 있는 사람은 오순돌?

"야! 오순돌. 아무리 그래도 이건 너무 오래 걸리잖아. 여기서 기다리는 대신 뛰어갔으면 벌써 도착했겠다."

역시 맞았다. 나는 길용이와 순돌이를 힐끔 쳐다보았다. 바람에 날리는 도포 자락이 허리에 휘감겨 내 마른 몸이 드러났다. 나는 들었던 가방을 내려놓고 옷매무새를 다잡았으나 바람은 계속 불어왔다.

길용이는 부모를 일찍 여의고 순돌이와 순돌이 부모님을 의지하며 살았다. 순돌이 가족을 따라 인천으로 가서 소식이 끊겼는데 다시 한성으로 온 모양이었다.

"그럼 뛰어가든가."

"참 나, 말이 그렇다는 거지."

둘은 허공에 주먹을 날렸다. 앞으로 한 번, 옆으로 두 번. 그 둘의 동작을 호기심과 감탄이 섞인 표정으로 유심히 지켜보던 상인이 갑자기 "왔다!" 하고 소리쳤다. 그 소리에 길용이와 순돌이가 뻗은 주먹을 내리고 전차가 오는 쪽을 바라보았다.

저 멀리 전차가 동대문통을 향해 오고 있었다. 길용이가 짐짓 씩씩거리며 말했다.

"이제야 오네. 조금만 늦었으면 진짜 뛰어가려 했는데."

순돌이는 턱 밑에 난 수염을 만지며 피식 웃었다.

사람들을 태운 전차는 덜컹거리며 출발했다.

"우리 여기에 서자."

"그럴까?"

길용이와 순돌이는 빈자리가 있는데도 굳이 내 옆에 서서는 나를 빤히 바라봤다. 나는 눈을 들어 순돌이를 보았다. 시선이 마주쳤다. 순돌이의 눈이 조금 커졌다. 내가 겨우 입을 열었다.

"너 순돌이지?"

"어! 알아보는구나."

순돌이는 그제야 덥석 내 손을 붙잡았다. 나는 손을 잡힌 채 멋쩍게 고개를 끄덕였다.

"어디 보자, 그새 좀……."

순돌이는 키를 재는 시늉을 했다.

"조금 컸지?"

나는 싱겁게 웃었다.

"좀 컸다고? 글쎄, 잘 모르겠는걸. 그보다 최강식, 너 통신원에 들어간 거야? 똑똑한 건 진즉에 알았지만 어떻게 거기 들어간 거냐?"

순돌이가 내 학도복을 보며 감탄했다.

"응. 그냥 열심히 했어. 근데 너희 언제 온……."

"어!"

길용이가 무얼 봤는지 내 말을 끊고 창밖을 내다보았다. 엉겁결에 나도 길용이의 시선을 좇았다. 일본 병사들이 남자 세 명을 오랏줄로 묶어서 우악스럽게 끌고 가고 있었다. 길용이가 퍼뜩 놀라 순돌이를 보았다.

"네 아버지 맞지?"

순돌이는 대답하지 않았다. 표정이 심각해지는가 싶더니 냅다 소리쳤다.

"당장 여기서 내려 주세요. 아, 당장!"

차장에게 내려 달라고 억지를 부려 댔다. 차장이 콧방귀를 뀌자 순돌이는 전차 바닥을 쿵쿵 굴렀다. 차장은 머리를 절레절레 흔들며 전차를 세웠다.

득달같이 달려간 순돌이와 길용이가 병사들에게 덤벼들었다. 일본 병사들은 순돌이와 길용이에게 총검을 들이대며 위협했다. 전차 안의 승객들은 겁먹은 얼굴로 경무청*의 경무사에 대해 수군거렸다. 일본 관리가 경무사를 임명했으며, 그 일본 관리가 경무청에 왜놈 병사들을 심어 툭하면 죄도 없는 사람들을 잡아간다며 헛웃음들을 쳤다.

"아버지……."

순돌이는 잡혀가는 제 아버지 뒤에서 따라가지도, 그렇다고 돌아서지도 못하고 망연히 서 있었다.

덜커덩, 전차가 다시 움직였다. 야트막한 내리막길이 이어지는 가운데 저 멀리 궁궐과 노서아(러시아) 공사관을 이어 주는 홍교가 보였다. 곧 광화문통에 당도할 것 같아 나는 적당한 틈을 타 전차 앞으로 갔다.

잠시 후 전차 차장의 목소리가 또 한 번 흘러나왔다.

"다음은 광화문통입니다. 내리실 분은 앞으로 나와 주세요."

*일본식 경찰 제도를 본떠 만든 경찰 관청으로, 경무사가 업무를 총괄한다.

광화문통에서 내린 나는 육조거리*쪽으로 향했다.

줄지어 늘어선 상점들을 구경하며 걷고 있는데 무리 지어 이동하는 일본 병사들과 마주치고 말았다. 사람들이 이내 속삭였다.

"청국한테 이기더니 자기네 나라인 양 활보하고 다니네."

"쉬! 그냥 조용히 지나가세."

언젠가부터 익숙한 풍경이었지만 일본 병사들을 볼 때마다 사람들은 괜히 몸을 움츠리곤 한다. 나 역시 몸을 웅크린 채 걸음을 빨리했다.

육조거리 초입에 이르자 전신대에 매달려 있는 아버지가 보였다. 철심이 박힌 신을 신고 자기로 만든 애자**를 장착하는 중이었다.

아버지는 원래 땔감 파는 일을 했었다. 어느 날, 조선 거리에 전신대가 하나둘 세워지는 걸 보더니 모아 두었던 돈으로 북악산 중턱에 전나무를 심고는 전신대용으로 가꾸기 시작했다. 전나무는 전신대용으로 안성맞춤이었다. 기둥이 자라면서 가지가 아래부터 차츰 떨어져 나가 일부러 가지치기를 하지 않아도 자

* 오늘날의 세종로.
** 전기가 통하는 걸 막는 기구.

13

기가 알아서 곧고 미끈한 나무로 자랐다. 그렇게 자란 전나무들은 거리 곳곳에 세워져 새로운 터전에서 뿌리를 내린 나무처럼 여간해서는 흔들리거나 쓰러지지 않았다. 수액이 흐르듯 전신줄에 전기가 흘러 큰길에서 작은 길로, 작은 길에서 골목 구석구석까지 휘감아 돌고 있다. 십 년이 지난 지금도 여전히.

나는 그런 아버지가 자랑스러워 설치된 전신대 중 하나를 골라 글자를 새겨 넣었다. 아버지는 내가 그런 줄 알면서도 한 번도 혼을 내지 않았다. 기왕 쓸 거면 의미 있는 글자를 쓰라고 말했을 뿐이다.

"하이, 강식. 굿 모닝."

전화소에 당도하자 병수 삼촌이 나를 반겼다.

병수 삼촌은 우리 가족과 십 년을 넘게 알고 지낸 이웃사촌으로 아버지와 같이 일하는 전신 기술자다. 말을 재미있게 할뿐더러 아는 것도 많은데 가끔 입을 가볍게 놀리는 경우가 있다. 그걸 모르고 한번은 내 속마음을 털어놓은 적이 있었는데 나도 모르는 새, 이야기가 도처에 퍼져 있었다. 하지만 그런 병수 삼촌에게 뭐라고 하지 못한다. 그 이유는 병수 삼촌 덕에 내가 전무학당에 들어갈 수 있어서이다.

4년 전 병수 삼촌의 손에 이끌려 높고 뾰족한 지붕이 있는 건

물에 간 적이 있었다. 그곳에서 병수 삼촌은 선교사들이 가르치는 교리보다 다른 학문에 더 관심을 두었다. 그건 나도 마찬가지였다. 덕분에 영어며 산술 따위를 배워 열여섯이라는 비교적 어린 나이에 통신원 시험을 통과할 수 있었다.

"통신 보이. 학당 가는 길이냐?"

"네."

"곧장 가지 여기는 와이?"

"어머니가 주먹밥 주고 가래서요."

"오, 베뤼 베뤼 땡큐."

나는 작게 웃고 병수 삼촌에게 물었다.

"삼촌, 전신줄은 왜 아직 설치하지 않는 거예요?"

"내일이나 모레쯤 설치해야 할 것 같아."

"왜요?"

"공두*가 그러는데 미리 설치해 두면 사람들이 건드리지 않겠느냐고 하네."

나는 고개를 끄덕였다. 신발짝을 날려 올리거나 어린애들이 날린 연줄이 엉켜 전신줄이 잘못되는 경우가 종종 있었던 터였다.

---

*전기 사고를 책임지는 기술자.

"여기가 그 뭐냐. 전화소인지 전기소인지, 아무튼 그런 게 들어선다는 그곳이요?"

염소수염을 한 남자 어른이 전화소 앞으로 걸어오더니 다짜고짜 그렇게 물었다.

"예, 맞습니다."

병수 삼촌이 재빨리 대꾸했다.

"근데 전화소가 뭐 하는 곳이라고 했더라."

염소수염 아저씨 뒤에 서 있던 안경 아저씨가 혼잣말처럼 중얼거렸다. 병수 삼촌이 또 나섰다.

"전화로 말을 전하는 곳입니다. 여기 전화소에서 전화를 걸면 전보를 쳐서 소식을 알리는 것이 아니라 본인이 직접 말을 전할 수 있습니다. 면전에서 음성을 듣는 것과 같습죠. 인천에도 곧 개설되는데 수십 리 밖에 떨어진 인천 사람들과도 말을 주고받을 수 있습니다. 참으로 어메이징하고 원더풀하지 않습니까."

염소수염 아저씨는 병수 삼촌을 잠깐 쳐다보다가 안경 아저씨에게 고개를 돌리고 속삭였다.

"뭐라는 거야?"

"글쎄 어매가 풀칠한다는 것 같은데?"

"여기서? 풀칠을? 왜? 뭣 때문에?"

"난들 아나."

"하긴. 멀쩡한 봉수대를 폐지하고 이런 말도 안 되는 걸 설치하니까 어매가 풀칠이나 하지. 그나저나 저놈이 입은 옷이 통신원 복장이지?"

"그렇군, 쳇!"

두 어른은 심사가 뒤틀린 표정으로 내게 눈총을 주었다. 그러면서 허공에 떠 있는 저 줄들이 어떻게 사람 말을 전하냐, 눈에 보이지도 않는 전기로 어떻게 통신을 하냐, 발 빠른 사람 시켜서 말을 전하는 게 더 낫겠네, 하며 비아냥거리다 걸음을 뗐다.

전화소에서 멀어지는 두 어른을 쳐다보며 나는 병수 삼촌에게 물었다.

"저 어른들 누구예요?"

"저 둘은 원래 봉수대에서 봉화를 하는 봉수군 집안이었어. 수염 기른 분은 인왕산 봉수대 봉수군이었고, 안경 쓴 분은 남산 봉수대 봉수군이었지."

나는 잠시 망설이다 또 물었다.

"봉수대가 뭐예요?"

병수 삼촌은 바로 놀랍다는 표정을 지었다.

"어허, 이 녀석 보게. 통신 보이가 봉수대를 모르다니. 정말 몰라?"

나는 뒤통수를 벅벅 긁었다.

"네, 몰라요."

"하긴. 네가 일곱 살인가 여덟 살인가, 아무튼 그즈음 봉수대를 폐지했으니 모를 수밖에 없겠다. 자, 봉수대가 뭐냐."

병수 삼촌은 내게 바짝 다가온 다음, 덧붙였다.

"봉수대는 낮에는 연기, 밤에는 횃불을 밝혀 급보를 전달하는 곳이었어. 일종의 통신 역할을 했는데 역마나 인편보다 빨라서 국경 지대에 있는 적의 동태를 알리곤 했지. 에휴, 그런데 조선 땅에 전쟁이 잦아지면서 폐지 전까지 전쟁용으로만 쓰이다 그 소임을 마쳤지."

"진짜요?"

"응, 뤼얼리. 그런데 그게 다가 아니야. 나라에서 무작정 없애는 바람에 수많은 봉수군들이 하루아침에 일자리를 잃었어. 대대로 백 년을 넘게 이어 온 집안도 있었는데 전기 통신이 생기자 일이 끊긴 거야. 문제는 봉수군들이 그게 다 우리 같은 사람들 때문이라고 생각하고 있다는 거지. 아까 그 두 사람처럼."

나는 말없이 고개를 끄덕이며 남산을 보았다. 일본인이 운영하는 화려한 상점들에 가려져 있어서 그런지 봉수대가 보이지 않았다. 이번엔 인왕산을 보았다. 꼭대기에 뭔가 솟아 있긴 한데 그게 봉수대인지는 감이 잘 안 왔다.

"왜 왔느냐."

언제 내려왔는지 아버지가 내 뒤에 서 있었다. 나는 얼른 돌아서서 아버지를 보았다.

"아, 어머니가 주먹밥을 전해 주라고 해서요. 전화소 안에다 놓고 갈 테니 시간 날 때 드세요."

"오냐."

아버지가 빙긋 웃었다. 나는 전화소 안으로 들어갔다. 어머니가 싸 주신 주먹밥을 내려놓고 안을 구경하는데 나도 모르게 입이 쩍 벌어졌다. 한눈에 봐도 완전 새것인 6회선 교환대가 잠잠히 늘어서 있었다. 교환대 위에는 마이크 달린 귀걸이수화기가, 그 옆으로는 전화기가 개설을 기다리고 있었다.

아, 그래!

순간 머릿속에 떠오르는 게 있었다. 나는 전화소에서 나와 아버지가 손보던 전신대 앞에 섰다. 숨을 고른 뒤 깨끗하고 반듯한 글씨로 '나는 할 수 있다.'라고 새겼다. 병수 삼촌이 나를 물끄러미 바라보다가 물었다.

"나는 할 수 있다? 무슨 의미야?"

"응? 으응…… 그게…… 조선 최고의 통신원이 되려고요."

내가 헤헤 웃었다.

"어, 그래. 넌 될 수 있을 거야."

"이상하다. 칭찬 같은데 왜 칭찬으로 들리지 않죠?"

"하하하."

병수 삼촌이 내 머리를 헝클어뜨리며 크게 웃었다. 병수 삼촌을 따라 웃는데 누군가 내 어깨를 톡 톡 쩔렀다. 돌아보니 웬 여자아이가 나뭇짐을 메고 서 있었다. 작은 몸집에 다듬지 않은 새까만 머리가 부스스했다. 숱 많은 눈썹과 단단한 눈빛, 다부진 입매를 하고 있어 강단 있어 보였다. 무엇보다 여느 어른 못지않게 큰 나뭇짐을 메고 있어서 놀랐다. 여자아이가 거기에 왜 글씨를 쓰냐고 묻듯이 내 얼굴을 쳐다보았다.

"전신대가 세워질 때마다 새겨 넣고 있는데 이번엔 이 말을 새긴 거야."

알아들었다는 듯이 여자아이가 고개를 끄덕였다. 그러고는 살짝 웃었다. 더벅머리 사이로 눈을 반짝이며 뭔가 진기한 것이라도 발견한 것처럼 기뻐하는 표정이었다.

"나도 그래야지."

여자아이는 그렇게 말하고 가던 길로 거침없이 나아갔다. 커

다란 나뭇짐을 지고도 빠른 걸음이었다. 나도 모르게 입꼬리가
올라갔다.

"다녀오겠습니다."

나는 아버지와 병수 삼촌에게 인사하고 발을 뗐다. 바람에
모자가 날아갈까 봐 모자를 오른손으로 꾹 누른 채 통신원으
로 향했다.

성난 사람들

"형님들, 안녕하십니까."

통신원의 전무학당에 들어서니 오늘도 제일 먼저 등교한 두 형님들이 웃는 낯으로 나를 반겼다. 성열 형님은 스물다섯 살로 학당에서 나이가 제일 많고, 해철 형님은 스무 살로 통신원 시험에서 제일 높은 점수를 받았다. 두 형님들은 평소에는 말이 없고 차분하지만, 분노해야 할 때는 거침없이 표현하고 행동하는 이들이었다. 지난달 일본인이 집 지을 땅이 필요하다며 강제로 해철 형님의 집을 헐려고 했을 때 앞장서 항의하다 경무청에 붙잡혀 가기도 했다.

"그나저나 전화소는 언제 개설되는 거야?"

성열 형님이 물었다.

"사흘이나 나흘 후면 된대요."

"아, 그래?"

나는 고개를 끄덕였다. 이번엔 해철 형님이 물었다.

"근데 전화소가 개설되면 개인 전화기를 놓는 집이 많아질까?"

"아무래도 지역별로 전화소가 계속해서 생기면 전화기를 놓는 사람이 생기지 않을까요? 아버지가 그러는데 여기 한성에 이어 마포랑 도농(남대문), 그리고 경교(서대문)에도 생긴다고 하셨거든요."

두 형님들이 조용히 고개를 끄덕였다.

"그런데 말이야."

해철 형님은 언뜻 생각났다는 듯이 나와 성열 형님을 보았다.

"그거 알아? 전화기 가설이 궁이 처음은 아니래."

"그럼요?"

내가 물었다.

"믿기 어렵겠지만 돌아가신 대왕대비의 무덤에 시험한 게 먼저래. 황제 폐하가 청국에서 들여온 전화기를 보자마자 막대한 비용을 들여 궁에서 이십 리나 떨어진 무덤에 전화를 가설한 거지. 황제 폐하와 신하들은 전화 끝에서 나는 소리를 듣기 위해 하루에도 몇 번씩 수화기를 들었다 놓았다 반복했고, 야경꾼들에게 밤새 지키게 했다고 하더라고."

"뭐? 하하하."

성열 형님이 어이없다는 듯 웃었다.

"정말요? 정말?"

나는 재차 물었다.

"응. 정말이야."

"아, 그래서 전화기 속에 귀신이 산다는 헛소문이 돈 거구나."

"하하하. 그럴지도 모르지."

"하하하!"

한바탕 웃고 있는데 학당에서 제일 잘생긴 인성 형님이 등교를 했다. 해철 형님과 동갑으로 어릴 적부터 알고 지낸 죽마고우다.

"뭐가 그렇게 재미있냐. 나도 좀 알자."

"너도 아는 이야기야. 대왕대비 무덤에 전화 개설한 그거."

해철 형님의 말에 인성 형님이 아, 그거, 하는 표정을 지었다.

"그 이야기도 재미있지만 더 흥미로운 이야기가 있어."

"뭔데요?"

나는 인성 형님에게로 다가갔다.

"너희 혹시 김창수*라는 사람 알아?"

나와 성열 형님이 고개를 옆으로 흔들고 있는 가운데 해철 형님만 고개를 앞으로 흔들고 있었다.

"알지, 그 사람. 왕비마마를 시해한 자를 죽인 사람이잖아. 아마 사형이 내려졌다지?"

"맞아, 근데 사형이 취소됐어."

---

*백범 김구의 청년 시절 이름.

"취소됐다고?"

해철 형님이 되물었다. 이 이야기는 모르는 듯했다. 나는 무슨 말인가 싶어 인성 형님에게로 더욱 가까이 갔다.

"응. 궁과 인천 감리서* 간에 전화선이 연결되어 있어서 황제 폐하가 전화로 사형을 취소하라는 칙령을 내렸거든."

와아. 감탄이 터졌다. 그런 일도 가능하겠구나 싶어 나는 속으로 무릎을 탁 쳤다. 창밖으로 전화소를 보며 이제 민간인에게도 전화소가 개설되면 이런 일쯤은 아무것도 아니겠구나. 깨닫는 순간, 퍼뜩 머릿속을 스치는 생각이 있어 펜촉을 들어 책 위에 글씨를 휘갈겼다.

德 律 風

"덕률풍이네."

해철 형님이 바로 맞췄다.

"맞아요. 그럼 뜻도 아시겠네요."

"두말하면 입 아프지. 덕을 펼치는 바람이잖아."

---

*1876년 개항 이후 개항장의 업무와 외국인 거처를 관리하던 부서. 인천 감리서 구역 내에 인천 재판소와 인천항무소, 인천 감옥이 있었다.

이번엔 성열 형님이 맞췄다.

"궁에 처음 전화기를 들여왔을 때 불렸던 이름이잖아. 뭐, 지금도 그렇게 불리기도 하고."

인성 형님이 거들었다.

"그나저나 덕을 펼치는 바람이라니, 참 근사하지 않습니까. 앞으로 제가 만든 전화기 이름은 덕률풍입니다."

"이야, 우리 막내 좀 멋있는데?"

"하하하. 제가 좀 멋있죠."

"뭐? 하하하."

또 한 번 다들 한바탕 웃었다. 인성 형님이 무언가 생각났는지 웃던 입매를 굳혔다.

"그거 알아? 들리는 소문에 의하면 왜놈들이 우리의 통신을 노리고 있대."

"흐음, 그 소문……"

해철 형님이 웃음을 멈추고서 턱을 긁었다. 왜 우리만 모르지, 하는 눈빛으로 나와 성열 형님은 서로 시선을 교환했다. 그 사이 인성 형님이 다시 입을 뗐다.

"왜군이 청국과 싸워 이기고 전쟁이 끝났지만 조선의 서로전선*을 반환하지 않은 일이 있어. 나중에 서양 세력의 압력으로 반환하긴 했지만 호시탐탐 또 기회를 노리고 있대."

"기회? 무슨 기회?"

성열 형님의 눈이 동그래졌다. 인성 형님은 크게 숨을 들이쉬고 대답했다.

"그야 또 전쟁을 벌이려고 그러는 거지. 적군의 동태를 살펴 속히 보고하는 데 통신만 한 게 없잖아."

"그래 맞아. 사실 청일 전쟁이 일어나 우리 조선의 전신 사업이 전면 중단되었지. 왕실과 각 부처에서만 쓰던 서로전선은 왜놈에게 접수되고 남로전선**은 동학군이 점거해서 통신을 발전시킬 수가 없었어."

해철 형님의 말에 잠시 긴 침묵이 흘렀다. 그 누구도 말을 꺼내지 않는 가운데 성열 형님이 조용히 눈을 부릅떴다.

"통신권을 빼앗기면 안 돼. 그러면 우리의 미래는 없어."

"절대 그럴 수는 없지."

인성 형님의 말투는 늘 그런 생각을 해 온 사람처럼 담담했다. 나도 같은 투로 뒤이었다.

"맞아. 그렇게 돼선 안 돼요."

* 1885년 인천을 기점으로 서울·평양을 거쳐 의주에 설치된 우리나라 최초의 전기 통신선.
** 서울–부산 간 전기 통신선.

가슴이 뜨겁게 끓어올랐다. 해철 형님이 피식 웃었다.

"우리 막내 무서워서 어디 빼앗겠느냐."

"으하하."

나는 괜히 머쓱해서 과장되게 웃었다.

"하하하!"

다 같이 한바탕 웃었다. 불쑥 손을 내밀며 내가 말했다.

"그런 의미로 우리 손 모아요."

누군가 "왜?" 하고 놀라 물었다. 어쩌면 해철 형님일지도 모르고, 인성 형님이나 성열 형님, 아무튼 모두 동시에 그랬는지 모른다.

"조선의 통신은 우리가 지켜 낸다는, 뭐 그런 의미로?"

인성 형님과 해철 형님, 그리고 성열 형님이 와, 헉, 아이씨 하고 외마디를 지르며 뒤로 물러났다.

"아이, 어서요."

내가 아랑곳하지 않자 마지못해 인성 형님이 내게로 와서 손을 포갰다.

"이런 건 왜 해?"

'요즘 애들은 하여간' 하는 말투더니 성열 형님도 손을 올렸다. 해철 형님은 머리를 긁적이며 성열 형님 손등 위로 자기 손을 가져다 댔다. 그때 하나둘 학도 형님들이 학당 안으로 들어왔다. 손을 모으고 있던 우리를 보더니 뭐야, 뭐야 나도, 나도, 하면서 자기들 손을 하나씩 모았다.

"따라 하세요. 조선의 통신은 우리가 지킨다!"

"아······."

어디선가 괴로움에 가까운 탄성이 조그맣게 흘러나왔다. 내 옆에 있던 성열 형님이 내는 소리였다.

땡— 땡—

수업 종이 울리자 창밖으로 단맥(덴마크)에서 온 전기 기술자 미륜사의 모습이 보였다. 학도들이 각자 자리에 앉는 동안 미륜사가 학당으로 들어섰다.

미륜사는 학도들을 돌아보며 느린 조선어로 어제 만들다 만 전화기를 마저 만들라고 지시했다. 전화기가 다 만들어지고 전화기가 작동되면 상급으로 올라갈 때 점수를 더해 준다고 덧붙였다. 곧 통신원 교실에는 전화기를 만지는 소리와 교재를 넘기는 소리만 울려 퍼졌다.

미륜사의 이름은 원래 뮐렌스테르다. 청일 전쟁이 발발하자 잠깐 청국으로 건너가 전보국에서 일하다가 일본군의 포로가 되어 수용소에 끌려갔다가 풀려났다. 그러면서 조선으로 다시 돌아와 지금은 통신원 전무학당 선생님으로 일하며 조선의 전기통신 사업 전반을 관여하고 있다.

나는 교재를 보며 전화기를 본선에 연결하고 손을 뻗어 궤 옆에 붙은 손잡이를 돌렸다. 그대로 아무 소리도 없다가 잠시 후 투툭 하더니 느닷없이 궤 안에서 '윙' 하는 진동 소리가 났다. 하지만 이마저도 얼마 가지 못하고 소리가 멎었다.

"흐음. 전기가 흐르다 마는구나. 어디 한번 볼까."

미륜사가 내 궤를 열어 보았다. 복잡하게 배치되어 있는 기계들을 유심히 보더니 전선과 연결되지 않은 부분을 단박에 찾아냈다. 미륜사는 기계에 전선을 연결하고 다시 손잡이를 돌렸다. 바로 신호음이 울렸다.

"전선이 기계에 제대로 배치되지 않으면 전화기가 작동하지 않으니 꼼꼼히 잘 살펴야 한다. 이제 전화가 되는지 볼 테니 전선을 연결해 봐."

미륜사가 온화한 미소를 지었다.

"옛썰!"

나는 크게 대답하고 전선을 끌어왔다.

"미륜사 티쳐. 저도 한번 봐 주세요."

성열 형님이 손을 번쩍 들었다.

"뭐가 안 되고 있지?"

미륜사의 물음에 성열 형님은 대답 대신 만지고 있던 전화기를 내밀었다. 말 전하는 송화기에 연결하는 전선이 궤 밖에서 달랑거렸다.

"왜 이 모양인지 모르겠어요."

성열 형님이 한숨을 푸욱 내쉬었다. 미륜사는 성열 형님이 제조하고 있는 전화기를 양손으로 들어 올리더니 자신과 마주 보도록 책상에 내려놓았다. 그때였다. 내가 전화기에 전선을 연결하자마자 전화기가 울렸다. 나는 반사적으로 수화기를 귀에 대고 송화기를 들어 입에 댔다.

"여보세요?"

전화기 너머 지지직거리는 소리만 들릴 뿐 아무 소리도 들리지 않았다. 나는 송화기에 입을 대고 다시 말했다.

"누구세요?"

역시 아무 소리도 들리지 않았다.

"혼선인가 보구나. 기술이 아직 한참 미흡해 관내 부처에서도 종종 일어난……."

미륜사가 말을 하다 말고 눈을 동그랗게 떴다. 내가 급히 물었다.

"왜 그러세요?"

"밖이 소란스러운 것 같아서."

"네?"

그러고 보니 바깥에서 웅성거리는 듯한 소리가 들렸다. 우리 모두는 바로 통신원 창밖을 보았다. 미륜사가 몸을 돌리며 말했다.

"다 같이 나가 보자."

"네."

우리 모두는 밖으로 나갔다.

소음은 사람들이 웅성거리는 소리가 맞았다. 길을 가득 메울 정도로 많은 사람들이 전화소 쪽에서부터 여기 통신원 쪽으로 향하며 수군거리고 있었던 것이다.

인파 앞에는 한 무리의 사람들이 어디론가 가고 있었다. 창칼을 든 사람들도 있고 곡괭이나 낫을 쥔 사람들도 많았다. 제멋대로 무장한 대오였지만 눈빛은 결연했다. 사람들 사이에 아버지와 병수 삼촌의 모습도 보였는데 나와 눈이 마주친 아버지가 어서 들어가라는 손짓을 보냈다. 나는 일단 알았다고 고개를 끄덕였다.

"어서 경무청으로 갑시다! 가서 억울하게 잡혀 있는 사람들을 데려옵시다!"

무리 사이에서 고함이 터져 나왔다.

"와아."

무리가 내지르는 함성이 위협처럼 들리는 가운데 그들을 따라가지도, 그렇다고 돌아서지도 않은 사람이 있었다. 순돌이와 길용이었다.

"저, 저들은 일본 관리가 경무청에 심었다던 왜놈 병사들이지?"

"그런 거 같네."

사람들이 겁먹은 눈으로 수런거리는 동안 전화소 앞에서 일본 병사들이 열을 맞춰 섰다. 조선인 무리보다 수는 적었지만 모두 총을 들고 있었으며 검은 제복을 맞춰 입었다.

대오를 갖춘 일본 병사 사이가 옆으로 갈라지더니 말을 탄 남자가 또각또각 다가왔다. 조선인 무리 앞으로 나서서 으흠, 한번 헛기침을 하고는 바로 말했다.

"지금이라도 돌아가면 봐주겠다."

조선말을 곧잘 했다. 무리는 당치도 않다는 듯 곡괭이와 낫을 고쳐 잡았다. 햇빛에 쇠들이 부딪혀 반짝였다.

"하아."

나섰던 일본인이 나지막하게 탄식을 터뜨리곤 한마디했다.

"쳐라!"

일본 병사들은 기다렸다는 듯 무리를 향해 총구를 겨누었다.

탕! 타당! 탕!

구경하던 사람들이 혼비백산하여 골목길로, 거리로 도망쳤다. 나와 학도들 그리고 미륜사는 재빨리 통신원으로 뛰어 들어갔다.

나는 뛰는 가슴을 부여잡고 통신원 창가에 서서 고개를 슬쩍 내밀었다. 아버지와 몇몇 사람들이 전화소 안으로 피신했고, 병수 삼촌은 무리 사이에서 빠져나온 길용이와 순돌이를 데리고 근처 상점으로 들어갔다. 그러는 사이, 무리 모두가 눈 깜짝 할 사이에 일본 병사들이 쏘아 대는 총구 아래 쓰러졌다. 쓰러진 사람들은 머리와 가슴 그리고 옆구리에 구멍이 나 있었다. 구멍에서 흐른 피가 땅바닥에 흥건히 고였고, 화약 냄새 때문에 코가 시큰했다.

나는 그대로 털썩 주저앉고 말았다. 몸이 부들부들 떨려오면서 꼼짝도 할 수 없었다.

잠시 후 일본 병사들은 아무 일도 없었다는 듯 왔던 길로 되돌아갔다. 병사들이 박차를 가하지 않아도 말은 제 신명으로 콧바람을 내며 달려 나갔다.

전화소에 있던 아버지와 사람들이 나오자 상점에 있던 병수 삼촌, 그리고 길용이와 순돌이가 나왔다. 흩어져 숨어들었던 사람들도 슬금슬금 모여들었다. 모두의 얼굴빛이 사색인데다 다리를 달달 떠는 사람도 있어, 다를 제 정신이 아닌 게 분명했다.

"오 마이 갓. 겁만 주고 갈 줄 알았는데 이게 뭔 일이래?"

병수 삼촌이 머리를 감싸 쥐었다.

결국 통신원 수업은 중단되었고 모두 집에 돌아가라는 지시가 내려왔다. 복도에서 불안한 표정으로 학도들을 배웅하는 미륜사에게 인사하고 나는 서둘러 아버지에게로 갔다. 아버지는 몇몇 사람들과 함께 죽은 사람들을 묻어 주고 온다고 했다. 나는 겨우 고개를 끄덕이고 발을 천천히 움직여 그 자리에서 벗어났다. 잠시 걸어가다가 뒤돌아보자 아버지는 여전히 나를 보고 있었다. 다시 돌아보았을 때 아버지는 죽은 사람들을 하염없이 바라보고 있었다.

길용이와 순돌이는 어째서

아버지는 늦은 밤이 돼서야 돌아왔다. 나는 대문을 밀고 들어오는 아버지에게로 갔다. 아버지는 마당 우물가에서 물을 퍼서는 손을 씻었다. 흙물이 뚝뚝 떨어지는 아버지 손이 문득 내 눈에 들어왔다. 셀 수도 없이 많은 나무를 베고 다듬은 탓에 손가락 마디마디는 심하게 툭 불거져 있었고, 손바닥의 굳은살은 나무껍질보다 더 딱딱해 보였다.

"어디에 묻으셨어요?"

내가 물었다.

"전신대 작업장에 있는 언덕에 묻었다."

죽은 사람들이 다시금 생각나 명치 언저리가 싸늘해졌다.

나와 아버지는 툇마루에 앉아 아무 말도 하지 않았다. 그저 각자의 마음이 서늘한 밤공기를 묵직하게 채울 뿐이었다.

잠시 그렇게 앉아 있는데 대문이 벌컥 열렸다. 어머니였다. 어머니는 종로에 있는 양장점에서 일하고 있는데, 주인이 가게에 전구 알을 달고부터는 늦은 밤까지 일을 시키고 있다.

어머니는 오자마자 전화소 근처에서 일어난 일을 물어보았다. 아버지는 들어가서 얘기하자며 어머니 손을 잡았다. 두 분이 안방을 들어가는 걸 보고 나는 내 방으로 건너갔다. 남포등에 불을 밝히고 창가에 기대어 섰다. 멀리 보이는 궁궐 근처에는 전기가 돌아 가로등이 켜져 있지만 이곳 거리는 어둡고 적막하기만 했다.

안방 문틈으로 들릴 듯 말 듯 부모님의 말소리가 흘러나왔다. 총을 든 일본 병사들이 몰려와 그대로 총을 쏘았다는 아버지의 목소리와 쳐 죽일 놈들이라고 말하는 어머니 목소리가 들려왔다.

쿵, 쿵.

느닷없이 누군가 대문을 두드리는 소리가 났다. 나가 보니 담장 너머로 머리를 짧게 깎아 올리고 검은색 제복을 입은 남자가 서 있었다. 총검을 멘 순검들이 횃불을 들고 담장 안을 힐끔거렸다. 아버지와 어머니도 방에서 나와 고개를 쭉 뺐다.

"누구요?"

아버지가 물었다.

"경무청에서 온 비서관이오."

어머니가 퍼뜩 아버지를 쳐다보았다. 경무청에서? 하는 눈빛이었다.

"이 밤에 무슨 일로 오신 겁니까?"

"좀 전에 육조거리 초소에 있는 공두에게 신고가 들어왔다. 개설될 한성 전화소에 전신대가 부러졌다고."

아버지의 두 눈이 커졌다가 이내 가늘어졌다.

"전신대가 부러졌다니. 말도 안 되오."

바로 비서관의 표정이 일그러졌다.

"말이 안 된다고? 감히 우리에게 거짓이라는 건가."

"우리라고 하셨습니까? 우리가 누구입니까?"

아버지가 그렇게 되묻자 비서관의 얼굴에 당혹감이 스쳤다. 나는 비서관과 순검들이 서로 눈치를 보고 있다는 것을 감지할 수 있었다. 아버지는 생각에 잠긴 듯 말을 하지 않더니 나를 뚫을 듯 쳐다보았다.

"강식아. 지금 당장 육조거리 공두에게 가서 어찌 된 일인지 알아보거라."

아버지는 속삭이듯 말했지만 살면서 몇 번 들어보지 못한 엄격하고 단호한 목소리였다.

"지금요?"

어머니와 내가 동시에 물었다. 쉿! 아버지가 검지를 입에 대더니 좌우를 획획 둘러보았다.

"그래, 저기 뒷문으로 가거라."

나는 대답할 수 없었다.

"어서 가라니까!"

여전히 나는 대답하지 않았다. 움직이지도 않았다. 그때 비서관의 목소리가 다시 들려왔다.

"문을 부숴라!"

순검들이 몸을 던져 대문으로 돌진했다. 대문이 밀리는 느낌이 들었는지 발로 세게 찼다. 안쪽의 문설주가 갈라지려 하자 더욱 힘을 가해 대문을 부쉈다.

쾅, 쾅, 쾅.

대문이 열리려 하자 아버지가 내 어깨를 꽉 잡았다.

"아비는 너만 믿는다."

그 순간, 공연히 가슴이 뜨거워졌다.

"예. 저만 믿으세요."

나는 바람처럼 뒷문으로 달렸다.

"끌고 가라!"

얼마 후 경무사의 고함이 허공을 갈랐다. 곧바로 어머니의 비명이 들려왔다. 뒤돌아보니 순검들 손에 아버지가 끌려가는 모습이 보였고 헛발을 디디며 아버지를 따라가는 어머니가 보였다. 어머니는 너무 당황한 나머지 가는 동안 두 번이나 넘어졌다.

"무슨 일이래요."

"전신대 대장을 잡아가나 봐요."

이웃들이 속속 모여들었다. 병수 삼촌이 구경하는 사람들을 뚫고 아버지에게 가려 했다. 사람들이 그러지 말라고 합심하여 병수 삼촌의 팔을 잡아챘다. 병수 삼촌은 답답한지 제 머리카락을 목 뒤에서부터 머리 꼭대기까지 몇 번 헝클어뜨렸다.

끌려가던 아버지가 걸음을 멈추더니 내가 서 있는 곳을 쳐다보았다. 정확히 보이진 않았지만 아버지의 눈빛이 느껴졌다. 나는 주먹을 꽉 쥐고 몸을 돌렸다. 등 뒤에서 누군가의 목소리가 들렸지만 한 번도 돌아보지 않고 그대로 달려 나갔다.

이윽고 초소에 도착해 거친 숨을 몰아쉬었다. 가슴팍 사이로 땀이 줄줄 배어 나오고 있었다. 다리에 힘이 풀려 주저앉으려는 걸 간신히 참았다.

"전화소 앞에 세운 전신대가 부러졌다고 들었는데 사실이에요?"

공두가 초소에서 고개를 길게 빼고 나를 보았다.

"사실이긴 한데 신고를 하자마자 덩치 큰 순검 둘이 와서 전신대를 가져가더라고."

"네? 왜요?"

"증거 확보라나 뭐라나."

이해가 되지 않아 나는 재차 물었다.

"증거 확보요?"

"그렇단다."

"그럼 혹시 누가 시킨 건지 아세요?"

"그야, 경무청 사람이 시켰겠지."

"경무청 사람이면 경무사가요?"

공두는 그건 잘 모르겠다고 대답했다. 나는 또 물었다.

"어디로 가져가던가요?"

공두가 가리킨 곳은 인왕산으로 가는 지름길이었다. 나는 다시 공두를 쳐다보았다.

"언제요?"

"1각(15분)이 조금 넘었지, 아마."

나는 다시 달렸다. 그러나 얼마 못 가 발을 멈추었다. 땅에 무언가 자글자글 끌려간 자국이 보였다. 그 자국을 따라 걸어 갔더니 길이 곡선을 그리며 휘어져 있는 곳까지 이어져 있었다. 나는 그 길로 들어섰다. 내 키보다 큰 풀들 틈으로 '인왕산 봉 수대'라고 적힌 나무 간판이 보였다.

아, 여기가 그곳이구나.

무성한 풀줄기 속으로 들어가는데 풀숲 너머에서 인기척이 들려왔다. 나는 반사적으로 푹 주저앉았다. 소리가 점점 가까워져 엉거주춤 무릎을 편 후, 살짝 고개를 내밀었다. 누군가 풀줄기를 툭툭 치며 걸어오는 게 보였다.

어!

뜻밖에도 길용이와 순돌이었다.

"젠장, 개고생이 따로 없네. 따로 없어! 그깟 전신대 하나 때문에."

길용이의 목소리에 순돌이가 놀라 흠칫 주위를 둘러보았다.

"야, 소리 좀 낮춰. 그 사람이 듣고 있을지도 몰라."

누가 보면 만사가 끝장날 듯이 연신 고개를 돌렸다.

"그 사람이 어떻게 우리말을 알아듣는다고 그러냐."

길용이가 코웃음 쳤다.

"그나저나 봉수대에 아무도 없는 거 맞겠지?"

순돌이가 물었다.

"응. 들어 보니 서양에서 들여온 통신 기기들 때문에 찬밥 신세가 된 지 십 년 가까이 된다고 하더라고."

길용이가 대답했다. 나는 봉수대 쪽을 쳐다보았다. 달빛 아래에 아주 커다란 항아리가 하늘을 향해 솟아 있는 게 보였다. 나는 마른침을 삼키고 그쪽으로 기어가려 땅에 무릎을 댔다. 그런데 그때, 갑자기 몸이 뒤로 쏠려 황급히 돌아보았다.

"삼촌!"

"쉿, 고개 숙이고 있어."

"어떻게 여길."

"말하지 말라니까."

나는 그제야 입을 다물었다. 그리고 병수 삼촌과 함께 풀숲에 몸을 숙이고 길용이와 순돌이를 응시했다. 둘은 전신대를 앞뒤로 나눠 들고 다시 움직이기 시작했다. 이윽고 길용이와 순돌이가 멀어지자 병수 삼촌이 급하게 물었다.

"괜찮아?"

"뭐가 뭔지 모르겠어요. 공두 말로는 신고를 하자마자 순검들이 초소에 와서는 전신대를 가져갔다고 하더라고요."

"흠, 나도 들었다."

"그럼 인왕산에 같이 가요."

"안 돼."

"네? 왜요? 쟤들이 전신대를 들고 인왕산으로 가고 있잖아요. 아버지가 세운 전신대가 얼마나 튼튼한지 삼촌도 알죠? 여태 강풍이 불어도, 폭우가 쏟아져도 한 번도 부러진 적 없었다고요."

"알지, 알아. 그러니까 더욱이 신중해야 해. 신고를 받자마자 경무청에서 들이닥친 거 하며, 왜 그렇게 서둘러 전신대를 치웠는지, 저게 전화소 앞에 세워진 그 전신대인지. 제일 이상한 건 전신대가 부러질지 미리 알고 있었다는 점이야."

병수 삼촌은 거기까지 말하고 잠시 입을 닫았다. 뭔가를 더 생각하는가 싶더니 이내 다시 입을 뗐다.

"그리고 또 하나. 봉수대에 아버지의 전신대가 있더라도 이 밤에 거길 가는 건 위험해. 오랫동안 방치된 곳이라 사나운 산짐승들이 살고 있을 가능성이 아주 높아."

나는 그 말을 듣고 고개를 끄덕였다. 병수 삼촌 말이 맞았다.

"그럼 전화소에 가 봐요. 어떤 전신대가 부러졌는지 확인해 봐야겠어요."

병수 삼촌은 무슨 생각을 하는지 나를 바라보다가 석연찮은 표정으로 고개를 끄덕였다.

나와 병수 삼촌은 어두컴컴한 종로 거리로 나아갔다. 길용이와 순돌이가 왜 전신대를 들고 간 걸까? 대체 무슨 이유로? 내 머릿속에서 그 생각이 떠나지 않는 가운데 나와 병수 삼촌은 전화소에 다다랐다.

"어?"

놀랍게도 부러진 전신대 밑동이 사라지고 없었다. 아예 뽑아 버렸는지 흔적도 없었다. 그런데 문득 깨닫고 보니 내가 오늘 '나는 할 수 있다.'를 새긴 전신대였다.

"흐음, 일이 커지면 좋을 리 없으니까 일부러 전신줄이 없는 전신대를 골랐네."

나는 병수 삼촌의 말이 무슨 의미인지 잘 알았다.

"삼촌, 만약 전신대를 찾아도 아버지가 풀려나지 못하면 어쩌죠?"

"풀려날 거야. 반드시. 내가 장담해. 그리고 아까 보고 들은 일은 당분간 너하고 나만 알고 있자. 날이 밝는 대로 봉수대에 가서 전신대를 찾기 전까지 말이야. 알았지?"

병수 삼촌은 눈에 힘주어 말했다.

"네."

"그래, 이제 집에 가자. 어머니 기다리시겠다."

걸음을 돌리려 하는데 통신원에 불빛이 환했다.

"학도 형님들이 공부하고 있나 봐요. 혹시 뭔가 본 게 있는지 가서 물어 볼래요."

"불빛만 켜져 있고 아무도 없을 거야. 어서 가자."

병수 삼촌이 나를 잡아끌었다.

"가 볼래요."

나는 병수 삼촌의 손을 뿌리치고 통신원으로 뛰어갔다.

닫힌 전무학당 문을 조용히 옆으로 밀어서 열고 안으로 들어갔다. 인기척이 느껴지는 것으로 보아 학당 안에 분명 누군가 있는 모양이었다. 그때 다급한 발소리가 들리더니 웬 남자가 문을 밀고 뛰어 들어왔다.

"누구냐?"

돌아보니 통신원 총판 민상호 대감이었다. 와이셔츠를 입고 팔을 걷어붙인 채 나를 내려다보고 있었다.

"전무학당 학도입니다."

"어디로 들어왔지? 문이 잠겨 있지 않았느냐?"

"아, 열려 있었어요. 학도 형님들이 야간 공부 하는 것 같아서 들어와 봤어요."

"흐음. 좀 전까지 있었던 것 같은데 와 보니 없구나. 혹시 너도 공부를 하려고 왔다면 이만 돌아가거라. 밤이 너무 깊었다."

"……네."

나는 고개 숙여 인사하고 돌아섰다. 몇 걸음 안 가 다시 돌아서서는 야간 공부를 하고 있었던 학도가 누구였는지 물었다.

"잘 모르겠구나."

"네, 알겠습니다. 그럼."

나는 다시 인사를 하고 전무학당에서 나왔다.

"있어?"

밖에서 기다리고 있던 병수 삼촌이 물었다. 나는 힘없이 고개를 저었다.

경무청의 경무사

날이 밝자마자 나는 어머니와 함께 경무청으로 향했다. 어머니는 그간 아버지가 세운 전신대 작업 기록일지를 가슴에 품고, 걸음을 서둘렀다.

경무청 앞에 도착하니 붉은 글씨로 '경무청'이라고 적힌 현판이 보였다. 대문 좌우에는 총검을 든 순검들이 버티고 서 있었고, 그들 주위로 일본 병사들이 호위 무사처럼 지키고 있었다. 나와 어머니는 눈을 내리깔고 경무청 안으로 들어갔다.

누군가 또각또각 구둣발 소리를 내며 나와 어머니에게로 걸어왔다.

"누구냐."

그 사람이 가까이 오자 그제야 누구인지 알아볼 수 있었다. 어제 본 비서관이었다. 나는 말라붙은 침을 삼키고 대답했다.

"전신대 일로 찾아왔는데요."

그때 경무사의 집무실로 보이는 곳에서 낮게 깔린 음성이 들려왔다.

"비서관. 그들을 들여보내게."

경무사가 안에서 우리 얘기를 듣고 있었던 모양이었다.

"예. 알겠습니다."

비서관이 집무실 문을 열자 넓찍한 오동나무 책상 앞에 검은 제복을 입은 경무사가 앉아 있었다. 고개를 숙인 채 무언가를 읽고 있어서 얼굴은 보이지 않았다. 말로만 듣던 경무사를 이렇게 만나는 순간이었다.

나와 어머니는 책상 앞에 다가가 허리를 숙여 인사했다. 경무사는 그제야 얼굴을 들었다. 경무사의 오뚝한 콧날과 점잖아 보이는 콧수염이 눈에 먼저 들어왔다. 얼굴선이 갸름한 편이고 언뜻 유약할 것 같은 인상이었지만 깊게 가라앉은 눈빛에는 그냥 지나칠 수 없는 서늘한 기운이 서려 있었다.

이 남자가 바로 일본 관리가 임명했다던 경무사구나.

"가까이 오거라."

나와 어머니는 경무사에게로 좀 더 다가갔다. 콧수염을 쓰다듬으며 경무사가 말했다.

"전신대를 아주 허술하고도 성의 없게 세우는 바람에 하마터면 큰일 날 뻔했어. 내 빠른 판단 덕분에 사람들이 크게 다치지 않아서 얼마나 천만다행인지."

경무사는 못마땅한 표정과 목소리를 하고 아버지를 인천 감옥소로 후송시켜 죗값을 아주 단단히 매길 거라고 덧붙였다.

"인천이요?"

어머니가 놀라 되물었다.

"그렇다. 인천."

"거긴 한번 들어가면 살아서 나오기 힘든 곳이지 않습니까. 아니에요, 뭔가 잘못됐어요. 이것 좀 보세요."

어머니는 아버지가 세운 전신대 기록 일지를 보여 주었다. 서로전선부터 남로전선, 경복궁 내 건청궁 앞, 동대문 일대에 세운 전신대 기록이었다.

"난 또 뭐라고."

경무사는 기록 일지를 물리고 종이 한 장을 내밀었다. 어머니와 나는 종이에 적힌 글을 읽어 내려갔다.

죄인 최대현의 전신대 작업장은
오늘부로 경무청 경무사에게 일임한다.

─사령관 하세가와 요시미치

"작업장을 일임한다니, 그게 무슨 말이에요?"

내가 물었다. 경무사는 제복 옷깃을 탁탁 잡아당기더니 입을 뗐다.

"읽고도 모르겠느냐. 전신대 작업장을 내가 관리한다는 말이지 않느냐."

관리를 한다는 말이 의미하는 바는 하나밖에 없었다. 작업장을 빼앗겠다는 뜻이었다.

"누군가 일부러 부러뜨린 걸 제가 봤어요!"

나도 모르게 말이 튀어나오고 말았다. 경무사와 어머니는 동시에 나를 보았다.

"그게 무슨 말이니?"

어머니가 먼저 물었다.

"그래 방금 뭐라고 했느냐? 네가 보았다고? 뭘?"

다음으로 경무사가 물었다.

"그게…… 어젯밤 부러진 전신대를……."

나는 황급히 내 입을 막았다. 순간 병수 삼촌과 한 약속이 떠올랐기 때문이다.

"그러니까 일부러 부러뜨린 게 아니고서야 튼튼했던 전신대가 어찌 갑자기 쓰러지겠습니까."

재빨리 말을 바꿨다.

"이놈이!"

경무사가 갑자기 내게로 와 멱살을 틀어쥐었다. 순식간의 일이라 나는 어쩌지 못한 상태로 내 목을 내놓고 말았다. 어머니는 다급하게 달려들어 경무사의 팔을 떼어 놓으려 안간힘을 썼다. 하지만 경무사는 아랑곳하지 않고 내 멱살을 더욱 세게 틀었다. 나는 단단한 덫에 걸린 양, 허리를 비틀고 사지를 버둥거렸다.

경무사는 내 얼굴이 새하얗게 질리는 걸 보고 그제야 멱살을 풀었다.

"썩 돌아가거라!"

경무사는 아버지의 기록 일지를 쭉쭉 찢었다. 어머니는 손을 벌벌 떨며 바닥에 주저앉은 나를 부축했다. 나는 어머니의 팔을 힘겹게 부여잡고 경무청에서 나왔다. 그때 아버지와 일하는 또 다른 일꾼 득철 아재가 기다렸다는 듯 우리에게 다가왔다.

"어서 작업장에 가 보세요. 작업장 일꾼들을 다 쫓아내더니 경무청에서 작업장을 손보고 있어요."

"손보다니요? 그게 무슨 말이에요?"

나도 모르게 어머니의 손을 풀었다. 득철 아재는 주변을 획 살피더니 목소리를 낮추어 대답했다.

"경무사가 잡역부들을 데려다가 작업장의 나무를 전부 베라고 했다는구나."

"그, 그럴 리가요."

어머니의 목소리가 심하게 떨렸다. 나는 곧 어머니를 보았다.

"제가 가서 알아볼게요."

"안 된다. 그 몸으론. 내가 가마."

나는 괜찮다고 말하며 그대로 어머니 손을 잡고 인적이 드문 담장 밑으로 갔다. 어머니에게는 말해야 할 것 같았다. 나는 숨을 길게 내쉬고 인왕산 근처에서 보았던 일을 들려주었다.

내 말을 다 듣고 난 어머니는 울분을 참느라 그런지 꽉 다문 입술을 바르르 떨었다. 이윽고 마음을 가라앉힌 어머니가 내게 물었다.

"그런데 순돌이랑 길용이, 네 소학교 동무이지 않았니?"

"네."

"그 애들이 어째서 그랬을까?"

"저도 잘 모르겠어요."

어머니는 내 대답을 들으며 경무청 건너편에 있는 인력거꾼을 향해 손을 뻗었다. 어머니를 본 인력거꾼이 우리에게 뛰어왔다. 일본인이었다.

"하잇! 어디로 모시무니까."

서툴게 조선말을 하는 인력거꾼에게 어머니가 말했다.

"이 아이를 북악산에 있는 전신대 작업장까지 데려다 주오."

"에이, 고기느 너무 히미 드러 아니 되무니다."

어머니는 돈 주머니에서 백동화*를 꺼내 인력거꾼에게 내밀었다.

백동화를 받은 인력거꾼은 히죽 웃고는 나를 인력거에 태웠다.

"출발하무니다."

인력거꾼은 뒤도 돌아보지 않고 북악산 쪽으로 뛰었다.

작업장에 들어선 나는 그만 말문이 막히고 말았다. 미처 자라지 않은 나무부터 잡목림들까지 몽땅 베어져 몹시 휑한 땅이 되어 있었다. 몇 걸음 떨어진 곳에서 처음 보는 잡역부들이 지게에 돌과 흙을 짊어지고 개미 떼처럼 줄줄이 산비탈로 올라가는 게 보였다. 산비탈에는 무언가를 새로 지으려는 듯 나무 기둥들이 아주 많았다.

"여긴 무슨 일로 왔느냐?"

잡역부 한 명이 불쑥 나에게 왔다.

"혹시 여기에 있는 나무들을 왜 베는지 아세요?"

"네가 그건 왜 묻는 게냐?"

잡역부가 팔짱을 낀 채 물었다.

"여긴 제 아버지 작업장이거든요."

"뭐?"

* 조선 말기에 발행한 화폐, '두 돈 오 푼'이라고 쓰여 있으며 엽전 25개의 가치가 있다.

잡역부는 나를 한참 동안 쳐다보다가 목소리를 낮추어 대답했다.

"하루 벌어 하루 먹고 사는 처지라 일을 가리지 않는다만, 여긴 뭔가 이상해. 갑자기 새로이 뭔가를 짓는 것도 그렇고, 창고 안에 이상한 물건들도 잔뜩 있다니까."

"물건들이요? 무슨 물건이요?"

"글쎄 처음 보는 물건들이라. 한번 보겠느냐?"

잡역부가 주위를 살피더니 따라오라고 했다. 창고 앞에 이르니 문이 굳게 닫혀 있었다.

"문은 닫혀 있지만 창문은 열려 있단다."

바로 창틀을 잡으려 펄쩍 뛰었다. 겨우 창틀을 잡은 나는 그대로 창틀에 올라 창고 안을 휘휘 둘러보았다. 너무 어두워 어느 것도 보이지 않았다. "누구 없어요?" 말하며 귀를 기울여 보았다. 아무 소리도 들리지 않아 그대로 폴짝 뛰어내렸다. 천천히 발을 떼서 맞은편 선반으로 갔다. 남포등이 놓인 자리를 알고 있었다.

치익.

항뉴황(성냥)을 그어 남포등을 밝히자 그제야 안이 보였다. 안을 좀 더 살피려 남포등을 높이 드는 찰나 남포등에 있던 석유가 흘러 신발에 떨어지고 말았다. 신발에 묻은 석유를 털어내려 허리를 굽히는데 선반 아래에 뚜껑이 닫히지 않은 커다란 나무 상자들이 눈에 들어왔다.

나무 상자 안을 들여다보니 굵고 가는 전선들과 통신기기들이 가득 차 있었다. 나는 다시 창문 밖으로 나가 잡역부에게 물었다.

"통신기기들이 왜 여기에 있는 거예요?"

"통신기기? 그게 뭐냐."

"전화나 무전기로 먼 곳에 있는 사람들과 말을 주고받는 기계예요."

자세히 더 설명하고 싶었지만 그럴 여유가 없어서 재빨리 그렇게만 답했다. 깊이 한숨을 쉬고 나는 작업장을 돌아보았다. 언덕 위로 가지각색의 나무 묘지석이 보였다. 얼른 그곳으로 가 보았더니 들뜬 흙이 정리되어 있었고, 비질을 한 자국이 선명했다. 어떤 묘지석에는 이름이 있었고 어떤 묘지석에는 이름이 없었다. 어제 아침에 전화소 앞에서 죽은 사람들의 묘였다. 나는 머리를 숙이고 눈을 감았다. 잠시 그러고 있는데 잡역부가 헐레벌떡 달려왔다.

"경무사가 방금 왔어. 빨리 나가."

"네?"

"난 다시 가야 하니까 어서 가거라."

잡역부는 허둥지둥 몸을 돌려 되돌아갔다. 나는 경무사가 있는 쪽을 쳐다보았다. 놀랍게도 경무사 뒤에 길용이와 순돌이가 서 있었다.

아!

경무사가 길용이와 순돌이에게 시킨 일이구나.

나는 즉시 발을 뗐다. 당장 봉수대로 가서 아버지의 전신대를 찾아야 했다. 나는 뛰고 또 뛰었다. 앞만 보고 달리다가 돌부리에 걸려 무릎을 세게 찧어도 다시 일어나 계속 달렸다. 잠시도 멈출 수 없었다. 바람이 거칠게 불어 옷깃을 단단히 여몄다.

봉화를 피우다

인왕산 봉수대 입구에 당도해서야 허리를 굽히고 벅찬 숨을 토해 냈다. 비틀어진 가시나무들 사이로 '출입금지'라고 적힌 작은 나무판이 보였다. 나는 나무판을 무시하고 그곳으로 걸어 들어갔다. 길가에 버려진 물건이 가득했다. 손수레, 가로장이 빠진 사다리, 신발, 밥상……. 대부분 망가져 있었으며 썩은 냄새가 났다. 더러운 물에는 죽은 짐승의 뼈인지 사람의 뼈인지 모를 것들이 널브러져 있었다. 나는 왠지 으스스해 걸음을 빨리 했다.

마침내 봉수대가 있는 곳으로 들어서는데 높이가 한 이십 장* 쯤은 되어 보이는 담벼락이 단단하게 둘러져 있었다.

짐작건대 봉수대를 보호하는 벽인 듯했다. 보호벽 안으로 들어가니 입구에 낡은 오두막 한 채가 보였다. 오두막 옆에는 우물 하나가 덩그러니 있었다. 주변은 어딜 봐도 나무만 있고, 땅에는 죽은 줄기와 가지가 흩어져 있었다. 바람이 불면 오두막의 문소리가 삐걱거렸다.

나는 우선 오두막 안으로 들어가 보았다. 왼편에 작은 찬장이 보였다. 부엌으로 사용한 모양이었다. 다음 옆방으로 가 보

---

*장(丈)은 길이 단위로, 한 장이 약 3미터다.

앗다. 방바닥에 내려가는 문이 보이길래 엎드린 채 귀를 기울였다. 바람소리가 요란했다. 빈 공간이었다. 하지만 자물쇠로 잠겨 있었다.

빈 공간에 자물쇠라……

나는 그곳에 뭔가 있다는 확신이 들어 자물쇠를 부술 도구를 찾으려고 밖으로 나갔다. 오두막 뒤편에 녹슨 꺾쇠가 있어 그걸 들고 다시 오두막으로 갔다. 이내 꺾쇠로 자물쇠 주변을 내리쳤다. 몇 번을 내리쳤지만 소용없었다. 그래서 나무 문을 부수기로 하고 꺾쇠의 손잡이를 고쳐 잡고 나무판 가장자리를 사정없이 퍼억, 퍼억 부숴 댔다.

얼마 못 가 나무 문에 구멍이 났다. 나는 꺾쇠를 구멍에 밀어 넣어 구멍을 넓혀 나갔다. 얼추 내 몸이 들어갈 정도가 되어 꺾쇠를 던져 놓고 구멍으로 몸을 구겨 넣었다. 숨을 죽인 채 아래로 내려가니 단번에 악취가 피어올랐다. 코를 막고 주변을 보았다. 몇 걸음 앞에 땔감들과 타다 만 종이, 그리고 황뉴황이 보였다. 봉화를 피우기 위한 연료 창고였다.

나는 혹시나 하는 마음으로 땔감들을 하나하나 살폈다. 전신대를 잘라 땔감으로 만들어 놓았어도 아버지가 세운 전신대에는 일련번호처럼 표시가 되어 있어 구별할 수 있을 것이었다.

육조거리 공조청사 근처니까 '공조청사'라고 쓰고 번호를 매기는 식이다. 하지만 아무리 뒤져도 표시가 있는 건 없었다.

여기가 아니라면 우물일까?

다시 구멍을 통해 연료 창고에서 몸을 뺐다. 방에서 나와 우물로 가 밑을 내려다보았다. 그리 깊지도 않은데 안이 어두워 아득하게 느껴졌다. 나는 오두막의 연료 창고로 돌아가 황뉴황을 집었다. 타다 만 종이도 같이 들고 나왔다.

치익. 황뉴황에 불이 일자 바로 종이에 옮겨 붙었다. 그리고 우물 아래로 던지고 안을 살폈다. 한 번, 두 번, 세 번. 불붙은 종이를 계속 아래로 던졌지만 우물 안에는 아무것도 없었다.

그렇게 한 시간쯤 봉수대 주변을 샅샅이 찾았지만 어디에도 전신대는 보이지 않았다.

바드득!

누가 오는지 나뭇가지 밟는 소리가 났다. 나는 재빠르게 주머니에 황뉴황 상자와 종이를 구겨 넣고 나무 등걸로 몸을 숨겼다. 슬며시 고개를 내밀어 보니 길용이와 순돌이가 삽자루를 들고 오두막 쪽으로 걸어오고 있었다.

"똥개 훈련시키는 것도 아니고. 그렇게 해 놓으면 아무도 못 찾는다니까."

길용이가 투덜거렸다. 순돌이가 바로 머리를 흔들었다.

"혹시 모르니까 안에다 넣으라는 거잖아."

"에이, 몰라. 그냥 태워 버리자."

"그건 안 돼. 폐지된 봉수대에서 연기가 나면 무슨 큰일인가 싶어 사람들이 몰려올지도 몰라."

"그럼 다른 곳에서 태워 버리면 되잖아."

"그냥 시키는 대로 하자. 응?"

"알았어."

길용이와 순돌이는 사이좋게 삽을 나눠 들어 오두막으로 향했다. 그러더니 어느 나무 앞에 서서 의욕 넘치는 표정을 지었다.

"어디 한번 파 볼까."

순돌이가 먼저 땅을 파기 시작했다. 삽 끝을 땅에 퍽퍽 쑤셔 넣어 파낼 때마다 흙이 딸려 나왔다.

뭐야, 땅에 묻은 거야?

나는 어이가 없어 헛웃음이 났다. 전신대가 나무니까 나무처럼 보이도록 심어 둔 것이었다. 그야말로 등잔 밑이 어두웠다.

이윽고 전신대를 파낸 길용이와 순돌이는 전신대를 봉수대 쪽으로 들고 갔다.

"뭐야, 이거. 문이 잠겼잖아."

길용이가 검지로 볼을 긁으며 중얼거렸다.

"야, 저기."

순돌이가 봉수대 위를 가리켰다. 길용이가 바로 순돌이의 시선을 좇더니 이내 환하게 웃었다.

"그래, 저기로 넣으면 되겠다."

나도 쳐다보았다. 봉수대 윗부분이 뚫려 있었는데 봉화를 피우면 연기가 올라가는 구멍인 듯했다.

"내가 그냥 올라가 볼게."

순돌이가 봉수대 돌 틈에 신발 앞코를 꽂았다. 하지만 보는 것과는 달리 높은지 얼마 올라가지 못하고 내려와서는 근처에 사다리가 있나 찾아보자고 했다.

"에이, 진짜 너무 싫어. 꼭 이렇게까지 해야 해?"

길용이가 또 투덜거렸다.

"싫으면 돌아가. 나 혼자 하면 돼."

순돌이가 돌아서자 길용이는 뭐라고 대꾸하려다가 말을 삼키고 순돌이를 따라갔다. 나는 걔들이 사다리 찾는 걸 포기하고 전신대를 그 자리에 놓고 가기를 속으로 빌었다. 하지만 그런 일은 생기지 않았다. 둘은 입을 꾹 다문 채로 사다리를 찾으러 흩어졌다. 얼마 후, 가로장이 군데군데 빠져 다리가 얼마 없는 사다리를 들고 왔다.

둘은 봉수대 위를 흘끔 보더니 사다리를 놓았다. 가로장은 얼마 없었지만 꼭대기까지 닿기에 충분했다.

길용이가 먼저 사다리를 탔다. 어느 정도 오르자 순돌이가 전신대 앞부분을 길용이에게 올려 주었다. 길용이는 전신대 앞부분을 들고 그 자리에 잠시 머물렀다. 이어 순돌이가 전신대 뒷부분을 받쳐 들고 사다리에 올랐다. 순돌이는 균형을 잃지 않으려고 고개를 빼고 연신 밑을 보았다.

그렇게 오른 둘은 전신대를 봉수대 안으로 빠뜨리는 데 성공했다.

사다리에서 먼저 내려온 순돌이가 삽을 들고 걸음을 뗐다. 뒤에 내려온 길용이는 사다리를 오두막 뒤편에 놓고 돌아섰다. 환상의 합이 따로 없었다.

그 둘이 멀어지자 나는 곧바로 오두막에 숨겨 둔 사다리를 찾아 봉수대 앞에 세웠다. 사다리에 몸을 바짝 붙여 한 단씩 조심스레 올라갔다. 이윽고 꼭대기에 다다라 아래를 내려다보았다. 전신대가 있었다. 그대로 뛰어내리려다 멈칫했다. 잘못 뛰어내리면 자칫 다리가 부러질 수도 있을 높이였다.

하지만 봉수대 바닥에 아버지의 전신대가 있다. 망설일 때가 아니었다. 눈을 질끈 감고 아래로 뛰어내렸다. 바닥에 떨어지자 그 충격이 고스란히 전해졌다. 다행히 다리는 부러지지 않았다. 주위를 보니 불에 타고 남은 재와 시커멓게 그을린 장작들 위로 아버지의 전신대가 보였다. 바로 전신대를 확인하니 밑동 부분에 톱자국이 선명했다. 이로써 누군가 일부러 전신대를 자른 게 분명해졌다. 그리고 한 가지 더. 내가 새겨 놓은 글씨가 그대로 있었다. 가슴이 절로 뛰면서 안도감이 밀려왔다. 그때 갑자기 또 두런두런 말소리가 들려왔다.

설마 길용이랑 순돌이가 다시? 가만히 귀를 기울였다. 얼마 동안 거친 숨소리가 이어지더니 위쪽에서 흠흠 하는 헛기침 소리가 들려왔다. 흠칫 놀라 쳐다보니 경무사가 나를 내려다보고 있었다. 나는 너무 놀라 그 자리에 주저앉고 말았다.

"저 애가 왜 저기 있을까."

경무사는 내가 지금 여기 있는 이유를 생각하는지 미간을 모으고 두 눈을 깜박거렸다.

"잘 모르겠어요."

순돌이 목소리였다.

"잘 모른다……. 됐고, 사다리 치워."

"네? 사다리를 치우라고요?"

"이것들이 귓구멍이 막혔나. 당장 치우라고!"

경무사는 신경질적인 말투로 그렇게 말하고 봉수대 꼭대기에서 내려왔다. 나는 재빨리 위쪽을 향해 팔을 뻗었다. 튀어나온 돌들을 더듬어 위로 올라가려 했지만 올라갈수록 곡선으로 휘어 생각처럼 발을 디디기가 어려웠다. 여러 번 힘껏 뛰어올라 구멍을 잡으려 했지만 소용없었다.

"네가 자초한 일이다."

경무사의 목소리가 다시 들려왔을 때 나는 그에게 다급하게 외쳤다.

"내보내 주세요! 아버지도 나도, 무슨 권리로 이렇게 사람을 가두는 겁니까? 길용아, 순돌아, 나 좀 꺼내 줘!"

그러나 공허하게 울려 퍼지는 내 목소리 말고는 아무 소리도 들리지 않았다. 빠르게 봉수대를 떠난 모양이었다. 순식간에 손가락 하나 까닥할 힘조차 없는 절망감이 밀려왔다. 발끝에서부터 서서히 힘을 빼더니 머릿속까지 저릿하게 했다.

�֍ �֍ ✖

그대로 밤이 찾아왔다. 간헐적으로 들리는 산짐승들의 울음소리 때문에 애써 덮어 두었던 두려움이 밀려왔다.

나는 가끔 경련하듯이 고개를 흔들어 정신 줄을 붙잡으려고 애썼다. 딱히 할 수 있는 일이 없었다. 이렇게 있다가 사람들이 오기만을 기다리는 수밖에. 그런데 사람들이 어떻게 알고 올까? 아, 맞다. 병수 삼촌이 있었지. 삼촌은 내가 사리지고 없는 걸 알면 이리로 나를 찾으러 올 거야. 원래 나랑 같이 오려고 했잖아. 그리고 어머니. 어머니는 작업장에 가서 여태 돌아오지 않는 아들을 백방으로 수소문할 테지. 그래, 조금만 참으면 될 거야.

하지만 내 생각과는 달리 밤이 깊어도 아무도 나를 찾으러 오지 않았다. 병수 삼촌은 전화소 개설 일로 바쁜가? 맞네, 아버지 대신 일을 해야 하니까. 어머니는 몸져누워 계시는 걸까? 아마 그럴 거야. 나는 무릎을 잡은 채 몸을 웅크렸다. 순간 주머니에서 무언가 툭 떨어졌다. 아까 황급히 넣었던 황뉴황과 종이였다. 그때 놀라운 생각이 번뜩였다.

봉화를 피우면 되겠다!

그렇게 생각한 이유가 있다. 길용이와 순돌이가 했던 말이 기억났기 때문이다.

"그건 안 돼. 폐지된 봉수대에서 연기가 나면 무슨 큰일인가 싶어 사람들이 몰려올지도 몰라."

우선 연기를 피울 수 있는 게 있는지 바닥을 살폈다. 죽은 줄기와 가지가 흩어져 있어 얼른 그러모았다. 몇 걸음 떨어진 곳에 타다 남은 장작도 보여 그걸 땅바닥에 툭툭 내려놓았다.

나는 땔감들을 한곳에 모은 다음, 황뉴황을 켰다. 불이 붙은 걸 확인하고 잔가지에 불을 붙였다. 힘없이 늘어진 가지 사이로 불이 타오르는 것을 지켜보다 입으로 바람을 살살 불어넣었다. 서서히 불이 붙자 그 위에 잔가지를 더 얹었다. 연기가 조금 더 피어올랐다. 하지만 오래갈 불은 아니었다. 불은 이미 떨리는 깜부기불로 순식간에 줄고 있었다.

나는 발을 질질 끌어 주변에 흩어져 있는 잔가지들을 깜부기불에 모아 넣었다. 그때 갑자기 신발에 불이 붙더니 연기가 피어나기 시작했다. 퍼뜩 작업장 창고에서 신발에 석유를 흘렸던 게 생각이 났다. 나는 신발을 벗어 연기들 사이로 신발을 던지고 뒤로 물러섰다. 고약한 냄새와 함께 장작에 불이 붙더니 다시 연기가 피어났다. 약하고 희미했지만 꼭대기에 뚫린 구멍으로 올라가기에는 충분했다.

제발 누군가 이 연기를 발견하길.

시간이 얼마나 지났을까. 장작불이 꺼져 가고 있을 때였다. 우드득, 하는 소리가 들렸다. 이윽고 또 한 번. 나는 문 쪽으로 가 숨을 죽인 채 가만히 있었다. 경무사가 다시 온 걸까? 아니면 병수 삼촌?

"연기가 났다니까."

"정말이야?"

"그렇다니까. 분명 봉화였다고."

"그래? 근데 누가 피운 거지?"

"거야 모르지."

아니 잠깐만. 남자 어른의 목소리였지만 경무사는 아니었다.

"저기요."

나는 손을 뻗어 문을 흔들었다.

"으아악. 귀신인가 봐."

문 너머 사람들이 비명을 질렀다.

"귀신 아니에요."

내가 급히 대꾸했다.

"귀신이 아니라고?"

문밖에서 깜짝 놀란 목소리가 들렸다.

"네."

"네가 봉화를 피운 게냐?"

"네. 제가 피웠어요."

"정말이냐?"

"아, 지금 그거 따질 때야? 어서 문을 부수자고."

"그, 그래."

"자. 곧 문을 부술 테니 문 앞에 있다면 뒤로 물러서거라."

나는 바로 뒤로 물러섰다.

"물러섰니?"

"네."

퍽, 퍽. 문밖 사람들이 문을 박차는 소리가 들렸다. 문밖에 있는 사람들이 곧 끝날 거라고 말했다. 실제로 얼마 후에 끝이 났다. 문 앞에서 들리던 둔탁한 소리가 희미해지더니 마침내 아무 소리도 나지 않았다.

"이제 나오너라."

문밖으로 나가니 횃불을 들고 있는 사람들이 보였다.

"어!"

놀랍게도 그 사람들은 어제 전화소에서 보았던 염소수염 아저씨와 안경 아저씨였다.

"괜찮니? 괜찮아?"

"대체 무슨 일이 있었던 게냐."

두 아저씨가 엉거주춤 서서 연신 물었다. 나는 숨을 크게 내

쉬고 봉수대에 갇힌 이유를 아주 자세히 들려주었다. 말을 끝내고 나니 속에 들끓던 억울함과 분노가 제바람에 솟아올라 눈물이 터졌다. 나는 아저씨들이 보거나 말거나 훌쩍거렸다.

내가 우는 동안 염소수염 아저씨의 눈빛이 점점 심각해졌다. 안경 아저씨는 횃불을 들고 봉수대 안으로 들어갔다.

"있다, 있어!"

"그게 아버지 전신대예요. 제가 쓴 글씨 보이시죠?"

안에서 잠긴 목소리로 짤막하게 중얼거리는 소리가 들렸다. 잘 들리지 않았지만 이런 천하의 나쁜 놈, 이라고 말하는 것 같았다. 그때 산짐승 소리가 또 한 번 들렸다. 이번엔 아주 가까웠다.

"어이쿠야. 빨리 내려가야겠다. 애야, 그만 울고 이리 와서 전신대를 끌어내자."

"……네."

나는 겨우 울음을 그치고 안경 아저씨와 함께 전신대를 끌고 나왔다.

"네가 횃불을 들고 길을 밝혀라."

나는 염소수염 아저씨가 내민 횃불을 건네받았다. 앞이 너무 어두워 엉덩이를 쭉 뺀 채 주춤주춤 걸음을 옮겼다. 아저씨들이 전신대를 나눠 들고 내 뒤를 바짝 따라왔다.

그렇게 다 같이 가고 있을 때였다. 풀숲에서 길용이와 순돌이가 몸을 불쑥 일으켰다. 앞에 서 있던 나는 너무 놀라 비명을 지르고 말았다.

"아저씨들, 그거 놓고 가시면 안 돼요?"

순돌이가 절망적인 목소리를 냈다. 안 된다는 듯, 염소수염 아저씨는 턱을 치켜올렸다.

두 아저씨는 전신대를 내려놓았다. 안경 아저씨가 조용히 내게 물었다.

"딱 봐도 순돌이하고 길용이네. 맞지?"

나는 고개를 끄덕였다. 염소수염 아저씨가 뒤돌아서서는 콧김을 내뿜으며 말했다.

"내가 알아서 할 테니 자넨 저 아이를 데리고 먼저 내려가게."

말을 끝마치기 무섭게 염소수염 아저씨는 이마를 앞세우고 돌진하기 시작했다. 팔을 앞뒤로 크게 움직이며 뛰어가는 뒷모습이 흡사 성난 염소와도 같았다. 순돌이와 길용이는 그 모습을 보고 자빠질 것처럼 도망갔다.

염소수염 아저씨는 생각보다 뜀박질을 잘하는 순돌이와 길용이를 따라가다 갑자기 훅, 뛰어올랐다. 가볍게 순돌이 앞에 착

지하더니 사정없이 꿀밤을 먹이고, 귀를 잡아당기고, 볼기짝을 두드려 주었다. 순돌이는 씩씩거리며 덤벼들었지만 염소수염 아저씨는 민첩하게 몸을 놀려 순돌이를 피했다.

보고 있던 길용이가 달려들었을 때도 마찬가지였다. 염소수염 아저씨는 길용이의 뒷덜미를 잡아채 발을 걸어 가볍게 넘어뜨렸다. 길용이는 분한지 바닥에 퍼져 다리를 펄쩍댔다.

안경 아저씨는 그럴 줄 알았다는 듯 씩 웃고는 전신대를 끌었다. 그러다 몇 걸음 못 가 전신대를 놓았다. 비탈길 경사가 너무 심했다. 안경 아저씨는 두리번거리더니 오두막으로 가 수레를 찾아왔다. 바퀴를 이리저리 살피더니 수레에 전신대를 싣자고 했다.

전신대를 실은 뒤 안경 아저씨는 나까지 수레에 태우고 주저없이 수레를 끌었다. 수레는 부서질 것처럼 위태로운 소리를 냈다. 겁이 날 정도로 바퀴가 심하게 흔들리자 내 몸도 출렁거렸다. 그러다가 급작스럽게 큰 돌덩이를 발견하고는 안경 아저씨가 소리를 지르며 속도를 줄였다. 나는 전신대를 놓치지 않으려고 있는 힘껏 전신대를 끌어안았다. 몸속에서 차가운 바람이 일고 숲이 흔들렸다.

같은 하늘 아래

긴 밤이 지나고 앞이 보일 만큼 날이 밝아서야 인왕산을 벗어날 수 있었다. 얼마 더 가자 발목까지 차는 얕은 샘물이 보였다. 안경 아저씨는 목이 말랐는지 수레를 세우고 허겁지겁 물을 떠서 입을 축였다. 수레에서 내려 나도 몇 번이나 손으로 물을 떠서 정신없이 마셨다.

어느 정도 목을 축이고 안경 아저씨가 물었다.

"어디로 갈 거니?"

"경무청으로 바로 갈 거예요. 한시가 급해요."

안경 아저씨가 고개를 갸웃거렸다.

"퇴청, 아니 등청 전이라고 해야 하지. 아무튼 경무청에는 더 있다 가야 하지 않겠니?"

내가 대답하지 못하자 안경 아저씨가 다시 말했다.

"전신대를 여기 어디에 숨겨 놓고 일단 집에 가거라."

오래지 않아 우린 사방이 나무로 가려져 있는 작은 공터를 발견하고 그곳에 수레와 전신대를 숨겨 두었다. 그리고 안경 아저씨와 함께 새벽녘에 우는 소쩍새 소리를 들으며 완전히 인왕산을 벗어났다.

하늘이 점점 밝아오는 가운데 드넓은 종로 길이 보였다. 얼마 더 걷자 저 멀리 종루* 지붕의 윤곽이 희미하게 보였다.

"오랜 세월 동안 우리 같은 백성들의 하루를 열고 닫은 종각이로구나. 아니 이제는 보신각이지."

그 말을 듣자마자 나는 봉수대의 존재를 모르는 것처럼 종각의 존재도 모르고 지냈다는 걸 깨달았다. 지금 많은 사람들이 회중시계나 벽에 걸린 시계를 보며 움직이고 있으니 말이다. 그리고 이제 봉수대 대신 통신기기가 생겼으니 봉수대의 존재는 더욱 희미해질 터였다.

다시 걷기 시작한 안경 아저씨 곁에서 나는 나란히 걸음을 맞췄다.

"설마 경무청에 혼자 가느냐?"

"아니요. 아버지와 같이 일하는 병수 삼촌과 같이 갈 거예요."

"병수 삼촌이라면 혹시 요상한 말을 지껄이는 그 사람이냐?"

나는 무슨 말인지 몰라 눈만 껌벅거렸다. 뒤이어 이해가 되어 그렇다고 대답했다.

"엥? 그놈이랑 간다고?"

'헉, 깜짝이야.'

나는 반사적으로 고개를 돌렸다. 기척도 없이 다가온 염소수

*종을 단 누각.

83

염 아저씨와 눈이 마주치자 기겁을 했다. 덩달아 안경 아저씨도 놀라고 말았다.

"푸하하하."

그 모습을 본 염소수염 아저씨가 박장대소를 했다. 안경 아저씨가 안경을 밀어 올리며 물었다.

"아니, 자네. 언제 내려온 거야?"

"오랜만에 몸을 풀어서 그런지 뜀박질이 아주 빨라졌지 뭔가. 하하하."

나는 재빨리 염소수염 아저씨 옆으로 갔다.

"근데요, 몸이 정말 날렵하시던데 무예를 익히셨어요?"

"작은아버지가 별기군 출신이라 덕분에 무예 좀 익혔단다."

나는 염소수염 아저씨에게 좀 더 가까이 다가갔다.

"혹시 저도 배울 수 있을까요?"

"그럼."

대답과 동시에 염소수염 아저씨는 바로 주먹을 뻗었다.

"별거 없다. 주먹으로든 머리통으로든 무조건 코 한가운데를 팍! 치거라. 그냥 팍!"

"에이, 그게 말처럼 쉬운가요."

"왜 못 한다고 생각하느냐? 더 큰일도 해 놓고."

염소수염 아저씨가 내 어깨에 손을 척 올리고 이어 말했다.

"다시 봉화를 피웠잖니."

"아, 봉화……."

나는 목덜미를 벅벅 긁었다.

"십 년이 다 된다. 봉화를 못 피운지. 이대로 영영…… 못 볼 줄 알았는데."

염소수염 아저씨의 목소리가 점점 작아지다가 결국 씁쓸한 숨소리가 되어 사라졌다.

"우린 말이야, 봉수대가 폐지될 때까지 하루도 빠짐없이 봉수대를 지켰단다. 사람들이 사명감 어쩌고 하는데 우린 그런 거 모른다고 했다. 그냥 끝까지 지켜내고 싶은 마음뿐이었어."

안경 아저씨는 벌써 몇 번이나 회상한 일을 다시 떠올리는 듯한 말투였다. 하루도 빠짐없이 봉수대를 지켰다니. 머릿속으로 상상해 보려 했지만 전혀 가늠이 안 되었다. 하지만 그 이야기를 듣는 것만으로도 아저씨의 시간을 조금 나눠 갖는 기분이 되었다.

"아 참, 길용이하고 순돌이는?"

안경 아저씨가 물었다.

"아, 그 녀석들 말이야. 잡아서 물어보니까 순돌이 아버지가 지금 억울하게 옥살이를 하고 있더라고. 그놈이 자기 일을 도와주면 아버지를 빼 준다고 애를 꼬드겼나 봐."

염소수염 아저씨의 얼굴이 어두워졌다. 좀 전까지 있었던 장난기가 사라졌다. 나는 주먹을 불끈 쥐었다.

"그렇다고 그런 일을 해요? 누군가에게 도움을 청했어야죠!"

"어디 가서 발설하면 어머니마저 감옥에 넣겠다고 했다면서 우는데……."

"그나저나 그놈이라니?"

안경 아저씨가 염소수염 아저씨의 말을 끊고 물었다. 염소수염 아저씨는 약간 난감한 표정을 짓더니 무언가를 찾는 듯 고개를 이리저리 돌렸다.

"전신대는? 전신대 어디 있어?"

안경 아저씨가 "응?" 하고 되묻고 나서 고개를 끄덕였다.

"관리들이 아직 등청 전이니 전신대를 숨겼다가 가져가라고 했어."

"아, 그거 잘했네. 그럼 경무청에는 쟤 혼자 가는 건가?"

"아니. 전화소에서 엉뚱한 말을 하던 그 사람과 간대."

"뭐어?"

염소수염 아저씨의 눈이 커졌다.

"그치? 좀 못 미덥지?"

안경 아저씨가 웃었다. 염소수염 아저씨는 숨을 크게 들이마신 다음 무언가 말하려 했지만 생각을 바꿨는지 그냥 고개를 휙 돌렸다. 그러곤 갑자기 언성을 높였다.

"빌어먹을 놈! 통신 어쩌고 전신 어쩌고 하는 놈들은 다 그렇다니까."

안경 아저씨는 염소수염 아저씨의 얼굴을 살폈다.

"왜 그러는가?"

염수수염 아저씨는 대답하지 않았다. 안경 아저씨가 거듭 물었다.

"왜 그러느냐니까."

"아냐. 아무것도. 말이 헛나갔어. 이제 집에 가세."

염소수염 아저씨는 내 어깨를 몇 번 두드리고는 앞장서 걷기 시작했다.

"아버지가 하루속히 풀려나길 바라마."

안경 아저씨는 석연치 않은 표정으로 입맛을 다시면서 걸음을 옮겼다. 나는 아저씨들의 뒷모습을 지켜보다 집으로 향했다. 하지만 몇 걸음 못 가 다시 빙글 돌았다. 세상에 화가 많은 분들이긴 하지만 생명의 은인에게 감사하다는 말을 하지 못했다는 걸 깨달았다.

나는 쪼르르 달려가 아저씨들을 따라잡았다. 그때 염소수염 아저씨의 목소리가 나지막하게 들려왔다.

"길용이랑 순돌이가 그러는데, 봉수대에 전신대를 버리라고 한 사람이 경무사가 아니래."

"그래? 그럼 누군데?"

다음 순간 나는 내 귀를 의심했다.

"전화소에서 일한다는 그 사람이 전신대를 봉수대에 숨기라고 했대."

"뭐라고? 그자가? 정말이야?"

"응. 차마 그 애 앞에서 말을 하지 못했어. 그자를 꽤 믿는 듯해서 말이야."

"본디 가까운 사람을 가장 조심해야 하는 법이잖아. 식구 말고는 아무도 믿지 말아야 하는 세상이라니까. 그나저나 그 작자도 경무사처럼 시류에 따라 권력에 붙어 일을 벌이는 그런 놈이었네."

"에이, 썩을. 같은 하늘 아래 누구는 대한제국이 망하고 있다고 힘을 모으고 있는데, 누구는 그 대한제국이 망하는 걸 기회로 삼고 있다니까. 똑같은 상황에서 어떻게 처신이 그리 극과 극인지."

상상도 못 했던 말에 뒤통수가 뻣뻣해졌다. 말을 하려고 했지만 입이 움직이지 않았다. 그러다 나도 모르게 스스로 뺨을 후려쳤다. 무슨 생각 하는 거야. 병수 삼촌이 그럴 리 없잖아. 길용이와 순돌이가 거짓말하는 거야. 나는 그대로 돌아섰다.

병수 삼촌이 정말 그랬을까. 집으로 가는 길에 나는 그간 병수 삼촌의 말과 행동을 되짚어 봤다. 뭔가 이상한 점이 있었던가. 아무 기억도 떠오르지 않았다. 어쩌면 당연한 일이었다. 정신없이 혼란스러운 지난밤이었다.

�֍ ✤ ✤

어머니가 대문 앞에서 쭈그리고 앉아 희뿌연 하늘을 바라보고 있었다.

"어머니."

내 목소리에 벌떡 다리를 일으킨 어머니가 나를 보고는 한달음에 달려왔다. 나는 어머니 얼굴을 살폈다. 정신을 놓지 않으려 안간힘을 쓰는 듯했지만 텅 빈 눈동자가 불 꺼진 등불처럼 어두웠다.

"어디 있다 이제 오는 거야. 밤새 작업장에 있었니?"

"아니요. 어떤 어른 덕분에 인왕산에서 전신대를 찾았는데요. 갖고 내려오느라 그랬어요. 걱정 많이 하셨죠."

"아휴, 난 또. 너마저 어떻게 된 줄 알고 얼마나 걱정했는지 모른다. 그런데 작업장은 어떻게 되었니?"

"나무가 베어지고 있지만 걱정할 정도는 아니에요."

나는 어쩔 수 없이 거짓말을 했다.

"그렇구나. 전신대는?"

"집까지 끌고 오기 힘들어 인왕산 부근에 잘 숨겨 놓고 왔어요. 어머니 있잖아요……."

나도 모르게 입을 뗐는데, 다음 말을 차마 내뱉을 수가 없었다. 할 말이 너무 많았고 무슨 말이든 하고 싶었는데 어떤 말을 어떻게 해야 할지 감이 오지 않았다.

"저…… 어머니……."

사실은 봉수대 안에 갇혀 있었어요. 아버지 작업장은 이미 나무가 다 베어지고 없고요. 그리고 나를 구해 준 아저씨들이 그러는데 병수 삼촌이…… 근데 저 안 믿어요. 너무 거짓말 같아서, 아니 거짓말이라서.

"왜 그러니? 무슨 일 있는 거니?"

"아, 아무것도 아니에요."

"에고, 내 정신 좀 봐."

어머니가 황급히 방에서 나가 부엌으로 갔다. 금세 누룽지 끓는 냄새가 나더니 곧 내가 제일 좋아하는 누룽지와 오이무침이 가득 담긴 그릇이 밥상에 올려져 나왔다.

나는 두 그릇이나 먹고 나서 방바닥에 누웠다. 하루 동안 너무 많은 일을 겪고 너무 많은 이야기를 들은 탓에 온몸이 뻣뻣하게 굳어 버린 것 같았다. 온갖 일들이 내 머리를 휘도는 사이 나도 모르게 잠에 빠졌다. 꿈에서 길을 잃고 헤매고 있는데 누군가 다가와 길을 안내해 주었다. 그 길을 따라 걸어갔더니 웬 불빛이 보였다. 불빛을 향해 달려가는데 눈이 떠졌다. 자리에서 벌떡 일어나 밖으로 나갔다. 어느새 날이 밝아 있었다. 나는 어머니에게 병수 삼촌을 만나서 전신대를 찾아오겠다고 말했다. 어머니는 옅은 눈썹을 늘어뜨리고 걱정스럽다는 듯이 물었다.

"찾은 다음 바로 경무청으로 갈 거니?"

나는 고개를 끄덕이고 입을 뗐다.

"어머니, 어제는 말 못 했는데 전신대에 톱자국이 있었어요. 그것만 봐도 아버지가 잘못 세워서 전신대가 쓰러진 게 아니니까, 아버지의 억울함을 풀 수 있을 거예요. 병수 삼촌도 같이 봤으니까 그 사실을 입증해 줄 거고요."

　조금은 안심이 되는지 어머니의 표정이 한결 편안해졌다. 나는 어머니와 함께 아침을 먹고 집을 나섰다.

후송되는 아버지

작은 하천을 따라 걷고 있는데 지게꾼 아이가 커다란 나뭇짐을 등에 지고 가고 있었다. 나는 무거워 보이는 아이의 나뭇짐을 뒤에서 받쳐 주었다. 아이가 어! 하더니 발을 멈추었다. 내 쪽으로 고개를 돌리는데 전화소 앞에서 보았던 그 여자아이였다.

"이렇게 이른 시간부터 나뭇짐을 하니 나무가 한가득이구나."

"그렇기도 하지만 잔가지가 유독 많은 장소를 알아. 북악산 중턱쯤에 있는 계곡을 따라 가장자리를 걸어가다 왼쪽으로 가면……."

"잠깐. 그 길은 암벽이 떡 버티고 있는 막다른 곳이라 사람이 드나들지 못하잖아."

"맞아. 그런데 그 암벽 앞으로 수풀이 나 있는데 그곳으로 들어가면 나만 아는 비밀 장소가 있어. 거기에 잔가지들이 아주 많아. 그 길에서 조금만 더 위로 가면 전신대 작업장이야."

"와아, 십 년 가까이 북악산을 오르락내리락했는데 그 길을 몰랐다니."

여자아이는 어깨를 한 번 으쓱했다. 그러곤 뭔가가 생각났다는 듯 아 참, 하면서 지게의 새고자리* 부분을 가리켰다.

---

*지게 위의 가장 좁은 사이.

나는 할 수 있다.

"나도 새겼어."

"와아, 진짜 새겼네."

"내가 새긴다고 했잖아."

"그런데 뭘 할 수 있다는 거야?"

"지금 언더우드 선교사에게 영어를 배우고 있는데, 장차 역관이 되고 싶어."

"대단한 생각이다. 우리 잘해 보자."

나는 여자아이에게 악수를 신청했다.

"그래, 잘해 보자."

여자아이는 내 손을 맞잡고 힘차게 흔들었다. 손등이 까슬까슬하고 손아귀가 제법 억세었다.

"참! 네 이름이 뭐야? 나이는?"

내가 물었다.

"김수자야. 김수자. 나이는 열여섯이고."

수자가 대답했다. 나는 속으로 '아, 열여섯이구나.' 하고 조금 놀랐다. 몸집이 작아서 나보다 어린 줄 알았다.

"나도 열여섯이야. 이름은 최강식이고."

"아, 그래?"

"응."

나는 겸연쩍어 눈을 돌렸다. 수자는 별말 없이 고개를 끄덕였다. 수자와 나 사이에 어색한 기운이 돌 때였다.

"그래, 여기라고."

갑자기 남자의 목소리가 들렸다. 나와 수자는 소리가 들리는 쪽으로 고개를 돌렸다. 낭인을 비롯한 신목(神木)에 들어선 사람들이 가마 댈 곳을 찾고 있었다. 안 그래도 물기 없는 땅에 사람들이 이리저리 무리 지어 움직이니 풀썩풀썩 날리는 흙먼지가 대단했다.

웃차. 자리를 잡은 가마꾼 남자 둘이 등나무로 엮은 가마를 내려놓았다. 땀에 젖은 옷자락이 온몸에 달라붙어 있었다. 함께 온 하인들은 삼각대와 측량기, 쇠로 만든 관, 온갖 신기한 기구가 든 상자를 내려놓았다.

으흠. 헛기침 한 번 하더니 가마에서 승객이 내렸다.

"이곳이 허가가 나지 않는 이유가 무엇이더냐?"

관리처럼 보이는 남자가 승객에게 머리를 숙였다.

"경인선*에 이어 부산까지 가는 철로를 놓는다니 정말 대단하십니다. 그런데 이곳은 신목의 기가 닿는 통로로 신령의 기가 흐르고 있지요. 아무쪼록 풍수사의 조언대로 철로의 방향을 조금만 틀어 주실 수 없겠습니까?"

승객은 어이가 없다는 듯이 관리를 내려다보았다.

"아니, 아직도 이 나라를 신령이 굽어보고 있다고 생각하는가?"

와하하하하. 와하하하.

모두가 웃는 가운데 관리만 표정이 괴로워 보였다. 의미 모를 말을 작게 웅얼거릴 뿐이었다.

"저 일본인 승객 말이야. 북악산에서 나무하고 있을 때 본 적 있어. 잔가지를 모으고 있었는데 경무청 경무사와 전신대 작업장을 둘러보고 있더라고."

"뭐? 언제?"

"어…… 한 일주일 전?"

"일주일? 정말?"

나는 믿을 수 없다는 듯 되물었다. 수자는 고개를 끄덕여 답했다. 정신이 번쩍 들었다. 이번 일이 있기 전부터 아버지의 작업장을 노리고 있었다는 말이었다.

*1900년에 개통된 인천과 노량진을 잇는 철로.

"그럼 난 이만 갈게. 동생들이 기다리고 있거든."

"집이 어딘데?"

"청계천 아래 움막촌. 그럼 씨 유."

수자는 다시 지게를 졌다.

"그래, 또 만나."

나는 어정쩡하게 한 손을 들어 인사했다. 수자가 사라질 때까지 서 있는 동안 상황을 정리해 보았다. 일주일 전에 아버지의 작업장을 보았다는 건 계획적으로 일을 꾸몄다는 의미 아니겠는가. 그런데 왜 아버지의 작업장이란 말인가. 통신기기들은 무슨 일로 들여놓은 거고. 그때 문득 학도 형님들과 나누었던 이야기가 생각났다.

'우리의 통신권을 빼앗아서 또 전쟁을 벌이려고 그러는 거지. 적군의 동태를 살펴 속히 보고하는 데 통신만 한 게 없잖아.'

설마!

나는 잠시 멍해졌다. 하지만 이내 머리를 흔들었다. 어서 병수 삼촌에게 가자. 만나서 같이 전신대를 찾아서 경무사를 만나는 거야. 톱자국이 있는 전신대를 보면 누명을 벗을 수 있겠지. 나는 다시 발을 뗐다. 잠시 후 육조거리가 나오고, 그 앞으로 사람들의 분주한 모습이 보였다.

'그런데 병수 삼촌이 나왔을까?'

그렇게 생각하는 순간, 어디선가 삼촌의 목소리가 들렸다.

"이것들이 나를 아주 우습게 아네."

작지만 아주 또렷했다. 아, 나왔네. 나는 전화소로 달려가 병수 삼촌을 찾았다. 그런데 삼촌의 모습이 보이지 않았다. 그때 어느 집 담장 밑에 삼촌의 등이 보였다.

"시키는 대로 하면 풀어 준다고 해서 다 했잖아요."

가까이 가고 있는데 누군가 악을 쓰고 있었다.

"그러니까. 빨리 풀어 주라고!"

다른 목소리도 들렸다. 한 명이 아니라 둘이었다. 누구랑 얘기하는 거지? 나는 그쪽으로 걸음을 돌렸다.

"삼촌!"

병수 삼촌이 놀란 표정으로 뒤돌아보았다. 이어 소리를 지르던 둘이 나를 보았다. 뜻밖에도 길용이와 순돌이었다.

"뭐예요? 왜 쟤네가……."

삼촌은 내 입을 막겠다는 듯이 종종걸음을 쳐서 내 쪽으로 왔다.

"전신대 찾았다며. 어서 가자."

삼촌이 내 손을 잡아끌었다. 나는 끌려가지 않고 그 자리에서 버티면서 길용이와 순돌이를 노려보았다. 당장이라도 주먹을 날리고 욕설을 퍼붓고 싶었다. 병수 삼촌은 내 손을 몇 번 더 잡아당기다가 그래도 움직이지 않자 먼저 앞서갔다. 나는 하는 수 없이 따라나섰다. 그러다 세 발짝쯤에서 "잠깐." 하며 멈춰 섰다.

"내가 전신대 찾은 걸 어떻게 알아요?"

병수 삼촌이 멈칫했다. 그러곤 잠시 망설이더니 말했다.

"저놈들이 그러더라고, 네가 어젯밤 봉수대에 갇혀 있었는데 어떤 아저씨들이 와서 구해 줬다고. 그때 전신대를 들고 갔다며."

"네."

대답하고 나는 길용이와 순돌이를 또 노려보았다.

"멍청아!"

순돌이가 불쑥 소리쳤다. 봉두난발인 머리 사이로 순돌이의 눈이 보였다. 눈동자에 뜨거운 분노가 일렁였다.

"저자한테 속지 말라고. 이 바보야."

순돌이의 목소리에는 괴로움이 가득했다.

"삼촌. 저 애가 뭐라는 거예요?"

내가 물었다. 병수 삼촌은 그러니까, 그, 어어, 라며 말을 더듬거렸다. 그때 먼지구름을 일으키며 말 한 마리가 엄청난 속도로 달려왔다.

"경무사야!"

길용이의 외침에 나는 재빨리 고개를 돌렸다. 담장을 따라 말을 타고 달려오는 경무사의 모습이 보였다. 그 뒤로는 순검들이 따르고 있었다. 순돌이가 내 팔을 확 잡아당기더니 말했다.

"전신대 어디 있는지 말하지 마. 절대로!"

순돌이가 그런 말을 할 줄은 몰랐다.

"지금 그런 말 할 때가 아냐. 빨리 도망치자. 경무사에게 잡히면 끝장이야."

길용이는 달아날 곳을 찾듯이 좌우를 휙휙 둘러보면서 소리쳤다.

"저기로 가자!"

둘은 뒤돌아 달려갔다. 그사이 땅을 구르는 말발굽 소리가 멈추더니 경무사가 말에서 내렸다.

"너 뭐야! 어떻게 나온 거야?"

나를 쳐다보는 경무사의 눈에 놀람과 혼란이 어렸다. 그러다 무언가가 생각났는지 퍼뜩 한걸음에 나에게로 달려왔다. 순간적으로 내가 취한 행동은 목을 감싸는 일이었다. 경무청에서 멱살을 잡혔던 일이 떠올랐다.

"전신대는 어떻게 했느냐?"

"아버지를 당장 풀어 주세요. 그러면 알려……."

내 말이 채 끝나기도 전에 경무사는 기어이 내 멱살을 잡아 틀었다.

"이거 놓으세요. 놓으시라고요."

입에서 새는 얼빠진 혼잣말을 하며 나는 손을 뻗어 병수 삼촌의 팔꿈치를 잡았다.

"어딜 만져."

병수 삼촌이 홱 내 팔을 뿌리쳤다. 아니, 몸서리를 쳤다는 게 더 정확했다. 힐끗 돌아보는 눈엔 적대심이 묻어 있었다. 너무도 강렬하고 분명해서 다른 무엇으로도 해석해 볼 여지가 없는 표정이었다. 순간, 염소수염 아저씨가 했던 말이 스쳤다.

'누구는 대한제국이 망하고 있다고 힘을 모으고 있는데, 누구는 그 대한제국이 망하는 걸 기회로 삼고 있다니까. 똑같은 상황에서 어떻게 처신이 그리 극과 극인지.'

그리고 염소수염 아저씨가 했던 또 다른 말도 생각났다.

'코를 팍 쳐라. 팍!'

나는 주먹을 꽉 움켜쥐고 온 힘을 다해서 경무사의 코를 팍 쳤다. 방심했던 경무사는 악, 소리를 내며 코를 잡고 무릎을 꺾었다. 나는 그 틈을 타 경무사에게서 벗어났다. 병수 삼촌은 경무사에게 쪼르르 가서는 그를 부축해 일으켜 세웠다. 나는 목을 감싼 채로 연신 기침을 해 댔다. 그때였다. 거친 바람이 맹렬하게 불었다. 흙바람이 내 몸을 때리고 입과 코로 흙먼지가 밀려드는 가운데 저만치 수레감옥 한 대가 지나가는 게 보였다. 얼굴은 보이지 않았지만 나는 수레 안에 있는 사람이 누구인지 단박에 알 수 있었다.

"아버지!"

확대경으로 보는 것처럼 아버지의 모습이 크게 보였다.

나는 수레로 뛰어가 안으로 손을 넣어 아버지의 손을 잡았다. 얼음장처럼 차가운 손을 쓰다듬고 있자니 내 손이 떨리고 숨이 멎는 것 같았다. 아버지가 퉁퉁 부은 두 눈을 힘겹게 떴다.

"강식아……."

나를 바라보고 있는 아버지는 나오지도 않는 목소리로 내 이름을 불렀다. 나는 북받쳐 오르는 울음을 참지 못해 눈물을 흘렸다.

"나도 마음이 아프구나. 하지만 어쩌겠느냐. 네 아버지가 잘못 세운 전신대 때문에 무고한 사람이 다칠 뻔했다는데."

언제 왔는지 경무사가 나와 아버지를 비웃고 있었다. 나는 황급히 눈물을 닦고 무릎을 꿇은 채 경무사 앞으로 기어갔다. 경무사의 바짓가랑이를 붙잡고 머리를 조아렸다.

"풀어 주세요. 아버지를 풀어 주세요. 전신대가 어디에 있는지 알려 드릴 테니 제발⋯⋯."

경무사는 쪼그리고 앉아 내 눈을 들여다보았다.

"지금 당장 가져올 테냐?"

나는 고개를 힘차게 끄덕였다.

"아아아⋯⋯."

경무사는 괴롭게 숨을 내쉬더니 다시 내 눈을 보았다.

"네가 전신대를 가져온다 한들 도망친 그놈들이 입을 함부로 나불대면?"

경무사는 거기까지 말하고 "뭐, 됐다." 하며 일어섰다. 나를 내려다보며 다시 말을 이었다.

"입을 나불대면 제 아비가 어떻게 되는지 잘 아는 놈이니까 감히 나서진 못할 게다. 그러려면 본보기를 보여야 하니까."

무슨 말인지 알아들은 순간, 나는 이를 악물었다. 매달려 봤자 소용없는 일이었다. 눈을 질끈 감자 차오른 눈물이 볼을 타고 흘렀다. 나는 턱 끝에 매달린 눈물방울을 닦았다. 더는 울지 말아야 했다.

"그래, 어디 한번 해 보세요. 억울한 사람을 잡아가면 어떻게 되는지 똑똑히 알려 드리겠습니다."

나 자신도 깜짝 놀랄 만큼 침착한 목소리였다. 내가 말한다 기보다 말이 그렇게 저절로 나오는 것 같았다.

"기대하마. 어디 한번 해 봐라."

경무사가 다가와 으르렁댔다.

"예, 기대하십시오."

나는 경무사 얼굴을 쳐다보며 쏘아붙이고 아버지에게로 고개 를 돌렸다.

"아버지, 내가 꼭 구해 줄게요. 걱정 마세요. 할 수 있어."

아버지의 입가에 엷은 미소가 지나갔다. 그 미소가 기쁨인지 슬픔인지 구별할 수 없었다.

"썩 후송해라!"

경무사의 명령에 순검 둘이 수레감옥에서 아버지를 끌어냈다. 몸에 묶여 있던 결박을 풀었다. 아버지는 힘이 없어 나무에 기 대어 섰다. 그런 아버지를 순검들이 거칠게 돌려세우고 몸 앞으 로 손목을 묶었다. 그러더니 밧줄 끝을 쥔 채로 말에 올라앉아 서 아버지를 질질 끌며 달려갔다. 나머지 순검도 말에 올라서 그 뒤를 따랐다. 아버지는 비틀거리며 걷다 말이 내는 속도를 이기지 못하고 그대로 푹 고꾸라졌다.

"아버지!"

나는 쓰러진 아버지를 목이 쉬어라 불렀다.

"저 채로 어떻게 인천까지 간단 말입니까!"

그때였다. 사람들 사이에서 우레와 같은 목소리가 들려왔다. 사람들의 시선이 그쪽으로 쏠렸다. 나는 퍼뜩 고개를 돌렸다. 어떻게 알았는지 어머니가 신발도 신지 못한 채 뛰어오고 있었다.

달려온 어머니의 눈이 한참 동안 아버지에게 꽂혀 있었다. 금방이라도 무너질 것 같던 어머니의 눈길이, 처참한 아버지의 얼굴에서 피 묻은 저고리를 지나 피멍이 자리한 팔뚝과 정강이로 내려오고 있었다. 그러다가 산에서 튀어나온 맹수처럼 몸을 날려 경무사에게 달려들었다.

"어서 풀어라! 어서!"

순검 여럿이 어머니 팔을 우악스럽게 거머쥐었다. 어머니는 그 손아귀에서 벗어나려 몸부림치고, 펄펄 뛰고, 팔다리를 이리저리 휘둘렀다. 내가 그 손 놓으라고 소리치며 순검에게 대들자 총검 머리로 내 배를 퍽 쳤다. 바로 고통이 밀려왔지만 참아 내고 다시 순검에게 덤볐다.

타—앙!

한 발의 총성이 울렸다.

어머니가 순간 휘청대며 그 자리에 주저앉고 말았다. 나는 떨려오는 입술을 말아 물고 양손으로 바짓단을 꼭 잡아 쥐었다. 귀가 먹먹했다. 경무사가 씩 웃으며 권총을 후, 불었다.

그사이 아버지는 고꾸라질 듯 걸으며 육조거리를 벗어나고 있었다. 목구멍으로 뜨거운 분노가 솟아올랐다. 숨쉬기도 힘들 지경이었다. 어머니의 찢어질 듯한 울음소리가 하늘을 향했다. 사람들이 저만치서 그냥 넋을 잃은 채 굳어 있었다.

군용 전신권의 비밀

나는 어머니를 집에 모셔다 드리고 바로 북악산으로 향했다.
가는 내내 내 뒤를 따르는 인기척을 느꼈다. 그림자 둘이 자꾸
만 내 뒤를 밟고 있었다. 그림자는 내가 돌아보면 나무 뒤로 모
습을 감추었고 내가 모른 척하고 있으면 다시 따라오곤 했다.
처음엔 병수 삼촌인가 했는데 왠지 길용이와 순돌이일지 모른
다는 생각을 했다. 땅에 비치는 그림자를 보니 덩치가 있었다.
나는 걸음을 멈추고 목소리를 낮추어 말했다.

"왜 자꾸 따라오는 거야."

아무 대답이 없었다. 나는 너희가 한 짓 때문에 우리 가족이
얼마나 많이 힘든지 아느냐고 쏘아붙였다. 경무사와 병수 삼
촌, 그리고 너희 둘은 반드시 죗값을 받게 할 거라고 일렀다. 내
가 꼭 그렇게 만들겠다고.

나는 다시 걸음을 재촉했다. 그때 갑자기 순돌이가 나무에서
튀어나왔다.

"그렇게 하든 말든 네 마음대로 해. 하지만 우리가 아니더라
도 다른 사람이 그 일을 했을 거야. 일어날 일이었다고."

이이이익.

나는 순돌이를 향해 달려갔다. 순돌이의 커진 눈과 크게 벌린
입을 보며 냅다 땅을 박차고 뛰어올랐다. 정수리로 순돌이의 턱

을 쾅 들이받은 다음 함께 땅바닥으로 쓰러졌다. 아무 생각도 할 수 없었다. 그저 정신없이 순돌이의 가슴에 달라붙어 주먹을 휘두르고 녀석의 머리통에 이를 박아 버렸다. 순돌이의 입에서 비명이 터져 나왔다.

"으아아악! 이 미친놈이 지금 뭐 하는 거야. 야! 길용아, 이 새끼 좀 어떻게 해 봐. 아아악! 내 머리."

순돌이를 깔아뭉개고 앉아 이가 부서져라 머리통을 깨물고 있던 내게 길용이가 달려와 내 팔을 잡았다.

"이거 안 놔? 놓으라고!"

분노에 가득한 내 목소리가 사방에 울려 퍼졌다.

"야, 그만해. 그만하라고!"

길용이가 나를 끌어안았다. 순간, 내 발이 정확히 길용이의 아랫도리를 가격했다.

"으흐어헙……."

길용이가 괴상한 소리를 내며 풀썩 무릎을 꺾었다. 그런 채로 땅바닥에 절을 하듯 이마를 박았다. 나는 다시 걸음을 뗐다. 순돌이가 나를 지나쳐 가면서 내 손목을 잡았다.

"미안해, 내가 말을 잘못했어. 기회를 줘, 뭐든 할게."

"안타깝게도 그럴 일은 없어."

"그래도 하나보단 둘이 낫고 둘보단 셋이 낫지. 겁도 덜 나고."

"겁 안 나. 하나도."

나는 순돌이의 손을 뿌리쳤다.

"네 아버지 작업장에 통신기기가 있더라고. 알고 있어?"

순돌이가 불쑥 물었다. 나는 걸음을 멈췄다.

"통신기기를 들여놓으려고 네 아버지 작업장을 빼앗은 것 같은데, 너도 그렇게 생각하지? 전신대만으로는 증명할 수 없으니까 단서를 찾으러 가는 거고."

나는 여전히 대답하지 않고 북악산 쪽으로 다시 걸었다. 길용이와 순돌이는 더 이상 나를 따라오지 않았다.

이윽고 전신대 작업장에 도착한 나는 숨을 고르며 안을 기웃거렸다.

"뭐 하니?"

몸을 움찔하고 고개를 돌리자 장정 셋이 서 있었다. 그들은 하나같이 얼굴이 시커멓게 그을려 있었고 험상궂은 생김새였다. 그 중 하나는 머리를 짧게 깎았는데 일본인이 '도리우치'*라

*사냥할 때 쓰는 헌팅캡. 납작모자라고도 한다. 당시 일본 형사들이 많이 썼기에 극악무도한 자를 떠올리게 한다.

고 부르는 모자를 쓰고 있었다.

군이 감출 필요도 없는 모양인지 자주 도리우치를 벗고는 손바닥으로 머리를 쓸어 넘겼다. 그리고 허리춤에 총을 차고 있었다. 다른 장정은 주먹이 순돌이의 두 배쯤 돼 보였고, 또 다른 장정은 눈이 개구리처럼 툭 튀어나와 있었다.

"어, 아니요."

나는 재빨리 시선을 돌려 '아이쿠' 하는 표정을 지었다.

"길을 잘못 들어섰네. 죄송합니다."

그렇게 말하며 말꼬리를 숙였다.

"하아, 어디서 본 놈인데…… 어디서 봤더라."

개구리눈이 머리를 갸웃했다. 나는 바로 뒤돌아섰다. 등에 식은땀이 났다.

나는 혹시나 다른 입구가 있을까 조심스레 작업장을 한 바퀴 돌았다. 당연히 작업장으로 들어가는 길은 없었다.

'어떻게 들어가지?'

막막함에 한숨이 나올 때였다. 어디선가 도끼 소리가 들렸다. 벌목꾼들이 근처에 있나 보네, 중얼거리다 문득 수자의 말이 스쳤다. 나는 얼른 주변을 살폈다. 수자가 말한 암벽을 발견하고 그쪽으로 꺾어 들어갔다. 바로 계곡 가장자리가 나왔다. 나는 계곡을 따라 걸었다. 얼마나 걸었을까. 생각보다 긴 길이었다. 허기가 밀려와 산열매가 보이면 허겁지겁 먹었고 계곡물을 마셔 댔다. 그렇게 배를 채우며 걷고 있는데 어둑한 저 너머로 조그만 빛들이 보였다. 이 추위에 반딧불이? 나는 빛들을 향해 걸었다. 그저 앞으로 앞으로 나아가기만 하면 되는 길이어서 그리 어렵지 않았다.

어! 뭐야.

갑자기 길이 끝났다. 퍼뜩 정신을 차려 보니 빛은 보이지 않고 거대한 나무들이 바로 코앞에 높다랗게 솟구쳐 있었다. 나는 말을 잃고 숨을 삼켰다. 땅바닥엔 온통 잔가지들뿐이었다. 순간적으로 영문을 알 수 없었다.

이곳은!

나는 이곳이 전나무 숲이라는 걸 깨닫기까지 시간이 좀 걸렸다. 저절로 가지들을 떨구는 나무이니 바닥에 잔가지가 많을 수밖에 없었다.

나는 잠시 전나무들을 올려다보았다. 바람에 흔들리는 나무 위로 새들이 파드득 날아올랐다. 그 소리는 메아리쳐 돌아왔다. 퍼뜩 정신을 차리고 숲 끝에 솟아 있는 비탈길을 오르기 시작했다. 얼마나 더 걸었을까. 또 오르막길이 나왔다. 이번엔 한

참이나 이어졌다. 오르막이 겨우 끝났을 때, 나는 지치다 못해 거의 기고 있었다.

마침내 비탈길을 다 오르고 나니 아버지의 작업장이 훤히 내려다 보였다. 잡역부들이 분주히 오가는 가운데 누군가 이곳으로 오려는 게 보였다. 나는 황급히 나무 뒤로 숨어 고개를 슬쩍 내밀었다.

어!

병수 삼촌이었다. 병수 삼촌 뒤로는 아버지의 작업장에서 본 잡역부가 따르고 있었다.

"저 위에 있는 묘지들이랑 묘지석들 내일까지 없애라."

병수 삼촌이 점점 내 쪽으로 왔다.

"예, 알겠습니다. 또 지시할 사항 있습니까?"

"당연히 있지. 언덕 반대로 내려가면 계곡이 있어. 거기에 발전기를 설치할 거니까 오늘 안에 일꾼들을 더 모아 놓도록."

"아, 계곡에 발전기를 놓는다니, 거, 쉽지 않겠는데요."

"쉽지 않아?"

"네?"

잡역부의 눈빛이 갈 곳을 잃었다.

"쉽게 일하고 싶어?"

"아, 아닙니다. 죄송합니다."

잡역부가 쩔쩔매는 사이 병수 삼촌이 내가 있는 곳까지 올라왔다. 나는 숨을 들이켜며 자라목을 한 채 병수 삼촌을 계속 응시했다. 삼촌은 자신에게 허리를 굽힌 채 서 있는 잡역부를 흐뭇하게 바라보았다.

"근데요."

잡역부가 허리를 펴면서 운을 뗐다

"작업장에 있는 창고 말입니다. 거기에 통신기기들이 있던데 그것들 다 어디서 난 겁니까?"

순간 내 가슴이 요동치기 시작했다. 병수 삼촌이 눈을 가늘게 뜨면서 통신기기가 뭔지 아느냐고 되물었다.

"무전기나 전화기로 사람의 목소리를 전하고 듣는 뭐, 그런 거 아닙니까?"

병수 삼촌은 기가 찼는지 그저 웃었다.

"흙이나 퍼 나르는 놈이 그런 것도 다 알고, 제법이구나."

"과찬이십니다. 그냥 여기저기서 주워들었을 뿐입니다."

잡역부는 다시 허리를 굽혔다. 과찬은 개뿔. 나는 속으로 코웃음을 쳤다.

"아 참. 좀 전에 뭘 물어보았더라?"

병수 삼촌이 확인하듯 물었다. 내 시선이 잡역부에게로 갔다. 허리를 펴고 잡역부가 대답했다.

"통신기기들이 어디서 났냐고 물었습니다."

"아, 맞다."

병수 삼촌은 고개를 끄덕이고는 잡역부를 내려다보았다. 그런 채로 가만히 있더니 다시 입을 뗐다.

"알고 싶냐?"

"네."

내 시선이 다시 병수 삼촌에게 옮겨 갔다. 병수 삼촌이 까짓 것, 하는 표정으로 말했다.

"일본이 청국하고 전쟁을 벌였을 때 청국이 졌잖아. 그때 청국이 놓고 간 것들이야."

"아, 그렇습니까. 흐음, 그런데 청국이 놓고 간 걸 왜 가져온 것입니까?"

"그야 여기 작업장에 군용 전신권을 개설하려고 그런 거지."

"군용 전신권이요? 그게 뭡니까?"

"어? 내가 방금 뭐라고 했지?"

병수 삼촌은 당황했다.

"군용 전신권인가 군밤 전신권인가, 아무튼 그걸 개설했다고요.”

“아냐, 아냐. 그건 내가 잘못 말한 거야. 못 들은 걸로 해.”

병수 삼촌은 몇 차례 헛기침을 하며 아래로 내려갔다. 잡역부가 병수 삼촌 뒤를 따랐다. 군용 전신권을 개설했다니. 나는 깊은 숨을 들이켰다. 그때 귓가에 느껴지는 뜨거운 숨결에 고개를 돌렸다. 언제 왔는지 순돌이와 길용이가 내 옆에 쪼그려 앉아 있었다. 나는 간신히 입을 틀어막아 비명을 삼켰다.

“너희 뭐야. 빨리 내려가. 아, 빨리 내려가라고.”

나는 순돌이와 길용이를 밀어냈다. 하지만 녀석들은 꿈쩍도 하지 않았다.

“아, 진짜 내려가라고.”

순돌이와 길용이는 대답 대신 으차, 하는 소리를 내더니 밑이 땅에 박혀 있는 바위 하나씩 뽑아냈다. 순돌이가 먼저 바위가 굴러갈 방향을 가늠하면서 바위를 아래로 힘껏 밀었다. 처음 한두 바퀴는 굼떴으나, 차츰 속력을 내기 시작했다. 이어 길용이도 바위를 굴렸다. 바위들은 경주라도 하듯 정신없이 튕겨 내려갔다. 마치 성난 멧돼지가 사람을 보고 달려드는 듯했다.

“겁만 주는 거야. 겁만.”

입을 쩍 벌리고 서 있는 내게 순돌이가 제 손을 탁탁 털며 말했다.

우르르르, 콰르르르.

요란한 소리에 병수 삼촌은 얼른 뒤를 돌아보았다.

"저, 저……."

눈을 동그랗게 뜬 채로 미적미적 물러서더니 사뭇 다급해지며 다시 돌아서서는 그대로 냅다 뛰었다. 그러다 그 자리에 나동그라지고 말았다. 병수 삼촌은 자신을 지나쳐 내려가는 바위들을 내려다보며 숨을 몰아쉬었다.

"괜찮으십니까?"

잡역부가 달려가 병수 삼촌을 부축했다. 병수 삼촌은 고개를 빳빳이 치켜들었다.

"어떤 새끼야!"

병수 삼촌의 성난 목소리가 울려 퍼졌다. 코피가 터졌는지 옷을 벌겋게 물들였고, 무릎도 까졌는지 거기도 피가 배고 있었다. 순돌이와 길용이가 고소하다는 듯 킥킥댔다.

"너희 뭐냐?"

서늘한 목소리가 들리는가 싶더니 내 등에 소름 끼치도록 차가운 물체가 닿았다. 천천히 뒤로 돌자 나를 향해 총검을 겨누고 있는 장정들이 보였다.

"네가 누구인지 생각이 났거든."

개구리눈이 씩 웃어 보였다. 그러는 사이 병수 삼촌이 나에게 왔다. 나를 보고는 길용이도 보고, 순돌이에게도 얼굴을 가까이 가져갔다.

"너희냐? 바위 떠민 놈들이?"

순돌이와 길용이는 병수 삼촌을 노려본 채 입을 꾹 다물었다. 병수 삼촌이 다시 다그쳤다.

"에이씨. 그나저나 대체 너희 뭐야? 어떻게 온 거야?"

우리가 여전히 입을 다물고 있자 병수 삼촌이 한 손을 번쩍 쳐들었다.

"에잇. 몰라. 끌고 가."

병수 삼촌은 이를 갈며 돌아섰다. 그대로 언덕을 내려가면서 씩씩댔다. 잡역부가 급히 뒤를 따랐다.

"조용히 따라와라."

장정들이 총검을 들이댔다. 우리는 순순히 장정들을 따라갔다.

내 목소리 들려요?

장정들을 따라간 곳은 통신기기가 있는 그 창고였다.

"찍소리도 내지 마!"

도리우치가 눈을 부라렸다.

철커덩.

단단히 감시하라는 명을 받았는지 창고 문이 닫히고 빗장이 걸렸다. 그대로 시간이 흘렀다. 길용이는 가슴께에 턱을 묻고 옴짝달싹도 하지 않았다.

"왜 바위를 민 거야? 힘 빼면 자랑할 게 그렇게 없어? 너희 때문에 또 일을 망쳤잖아."

내가 소리쳤다. 그 순간, 쇳소리와 함께 빗장 풀리는 소리가 났다. 다시 모습을 드러낸 도리우치가 인상을 쓰며 들이닥쳤다.

"내가 찍소리도 내지 말라 했지."

도리우치는 총검 뒷부분으로 우리 머리를 차례대로 가격했다. 머리가 얼얼한 정도로 아팠다.

"얌전히 있어라. 응?"

도리우치는 금방이라도 머리 가죽을 벗겨 낼 듯 무서운 기세로 으르렁거렸다. 우리 셋은 미세하게 고개를 끄덕였다. 도리우치는 입가를 찢어 한껏 비웃음을 머금고는 창고에서 나갔다. 다시 빗장이 걸렸고, 우린 그대로 찍소리 없이 벽 앞에 줄지어

앉았다. 나는 무릎을 끌어안았다. 후회가 가슴을 가득 채웠다. 무작정 작업장으로 오는 게 아니었다.

창고로 온 지 얼마나 지났을까. 깊게 어둠이 내려온 것만 알 뿐 시간이 어떻게 됐는지도 알 수 없었다. 그리고 봉수대만큼은 아니지만 몹시 추웠다. 어쩌면 우리 셋은 동시에 추위를 느꼈는지도 모르겠다. 말은 하지 않았지만 엉덩이를 움직여 서로 바짝 붙어 앉았다.

아, 그렇지. 여태 왜 몰랐을까. 창문이 열려 있는 걸 이제야 알았다. 나는 통신기기가 들어 있는 상자를 조심스럽게 창가 앞으로 밀어 놓고 상자에 올랐다. 그대로 창문 밖을 내다보는데 아무도 없었다. 순돌이가 내게 바짝 다가오더니 허리를 굽혀 목소리를 작게 냈다.

"이리로 나가게?"

나는 가볍게 숨을 내 불고 고개를 끄덕였다.

"그래, 그러자."

순돌이는 가슴 앞에서 손뼉을 친 후, 제풀에 놀라 입을 막았다. 길용이는 심히 겁에 질려 고개를 절레절레 흔들었다.

"난 싫어. 들키면 끝장이라고."

목소리가 작아 겨우 알아들었다. 그때 또 한 번 빗장 풀리는 소리가 들렸다. 우리는 동시에 풀썩 주저앉았다. 창고 문이 열리고 원뿔 모양 불빛이 다가왔다.

"다들 어디 간 거야."

조족등*으로 발밑을 비추고 있어서 얼굴은 보이지 않았지만 병수 삼촌 목소리였다. 병수 삼촌은 잘 지키라고 했더니, 어쩌고 하며 중얼거리더니 조족등을 밝히며 우리에게 걸어왔다.

"아까 내가 하는 얘길 들었니?"

병수 삼촌은 거두절미하고 바로 물었다.

"네."

병수 삼촌은 조족등을 나에게 비추며 "그래?" 하고 되물었다. 나는 눈이 부셔 앞을 보기 힘들었지만 아랑곳하지 않고 병수 삼촌을 노려보았다. 병수 삼촌은 피식 웃으며 조족등을 내리고 통신기기가 있는 상자 앞으로 걸어갔다. 상자 위로 올라가 밖을 내다본 다음, 다시 나에게로 고개를 돌렸다.

"우리 강식이 탈출 츄라이하게?"

"……."

"뭐, 상관없어. 어차피 여기에서 나가지 못할 거니까."

---

*불빛이 발밑을 비추도록 만든 둥근 모양의 등.

"뭐어?"

순돌이가 눈을 부라리고 나섰다. 병수 삼촌은 턱에 힘을 주고 순돌이를 노려보았다.

"애초에 헤드 배드한 너희한테 일을 시키는 게 아니었는데."

병수 삼촌은 거기까지 말하고 다시 말을 이었다.

"애니웨이, 네 아버지는 풀려나지 못할 테니 그리 알아."

순돌이는 몸이 부르르 떨릴 만큼 주먹을 불끈 쥐었다. 그런 직후 발소리가 들렸다. 아마 장정들인 듯싶었다. 병수 삼촌은 고개를 움직여 창고 안으로 들어온 장정들의 얼굴에 하나씩 조족등을 비추었다.

"뭐 하냐 지금. 내가 왔으니 망정이지 하마터면 애들이 도망칠 뻔했어."

조족등 불빛에 장정들의 표정이 흐리게 보였다. 장정들은 반성하는 듯 입을 굳게 다물고 병수 삼촌의 눈치를 살폈다. 병수 삼촌은 쯧, 하는 소리를 내고는 나를 다시 보았다.

"근데 전신대 어디에 숨겼니?"

"내가 알려 줄 거 같아요?"

병수 삼촌은 숨을 깊이 들이마셨다가 휘파람처럼 내뱉었다.

"그래 알려 주지 않겠지. 내가 이러는 게 화날 테고. 근데 강식아, 지금 말하면 아버지를 다시 돌아오게 해 줄게."

언뜻 호의적이라고 착각할 수도 있을 부드러운 말투였다. 나는 치밀어 오르는 욕지기를 참고 대꾸했다.

"그 말을 믿을 거 같아요?"

병수 삼촌이 피식, 코웃음 쳤다.

"오케이. 좋을 대로. 내가 찾지 뭐."

그렇게 말하고 내 어깨에 손을 척 올려놓았다. 나는 그대로 있다가 병수 삼촌이 창고를 나가자마자 어깻죽지를 손으로 탁탁 털어냈다.

철커덩. 빗장이 다시 채워졌고 창문도 닫혔다. 창문에는 나무 판자를 덧대 못질을 했다. 희미하게 있던 달빛이 사라지자 창고 안은 암흑 그 자체였다. 나는 선반 위로 손을 뻗어 남포등을 내렸다. 황뉴황으로 불을 밝히자 어렴풋한 빛 속에서 우리 셋의 그림자가 떠올랐다.

"여기서 죽는 걸까?"

길용이의 윤곽이 살짝 흔들리고 순돌이의 그림자는 길용이 쪽을 향했다.

"여기서 왜 죽어. 어떻게든 도망쳐야지."

"어떻게?"

길용이의 물음에 순돌이의 그림자가 작게 움츠려들었다. 나는 길게 한숨을 쉬며 순돌이를 보았다.

"어! 저게 뭐야."

순돌이 뒤로 무언가가 보였다. 나는 얼른 그곳을 비추었다. 여러 가닥의 전선이 엉켜 있었다.

"왜 여기에 전선이 있지?"

내가 작게 속삭였다.

"그야 통신기기들이 있으니까."

순돌이는 말끝을 내리며 중얼거렸다. 통신기기라. 나는 상자 안에 있는 통신기기들을 비추었다. 어느 것도 전선에 연결되어 있지 않았다. 그럼 이 전선은 어디에 연결되어 있는 걸까? 나는 전선들을 따라갔다. 전선들은 가장자리를 타고 바닥으로 내려져 있었다. 주저앉아 바닥을 따라가니 뜻밖에도 지하방 입구에 이르렀다.

나는 문고리를 확 잡아당겼다. 바로 냉기가 후욱 끼쳤다. 삐걱대는 나무 계단으로 발을 디뎠다. 내려가지 말라고 길용이가 작은 소리로 말했다.

"잠깐 보고 올게."

고개를 숙이고 한 칸, 두 칸, 세 칸, 네 칸. 지하방에 다다른 나는 위로 팔을 뻗어서 천장에 달린 남포등을 밝혔다. 지하방이 환해지는 가운데 한쪽 벽에 걸려 있는 전화기가 보였다. 불법으로 군용 전신권을 개설했다더니 여기에 전화기를 설치한 모양이었다. 내용을 받아 적을 수 있는 의자와 책상도 있었고 책장에는 통신에 관한 서적들이 듬성듬성 꽂혀 있었다.

"와아, 여기 뭐야?"

아래로 고개를 내민 순돌이가 물었다.

"아버지와 일꾼들이 여름이면 한 번씩 쉬는 방이야."

책상에 앉으며 내가 대답했다. 내 숨에서 가볍게 김이 피어올랐다. 나는 책장에 꽂혀 있는 '덕률풍 제조'에 관한 서적을 꺼내 펼쳤다.

말 듣는 기기 수화기는 자석과 얇은 금속 진동판이 있습니다. 우리가 말을 하면 진동판이 흔들리게 되고 이것이 유도 전류를 일으키는 것입니다. 또 진동을 일으켜 말 전하는 송화기에서 음성으로 바꾸어 주는 원리입니다. 덕률풍에서 진동판과 유도 전류란……

모두 한글로 되어 있었고, 기기의 명칭도 한글로 하나하나 적

어 놓았다. 그리고 어떻게 전화기가 만들어지는지 조립법을 아
주 쉽고도 상세히 적어 두었다.

"덕률풍? 이게 뭐야?"

"아, 깜짝이야."

집중을 해서 읽은 탓에 순돌이가 온 것도 몰랐다. 나는 순돌
이를 흘겨보면서 말했다.

"덕률풍은 전화기를 말해."

"어, 그래?"

"응."

"근데 왜 덕률풍이라고 부르지 않고 다들 전화기라고 불러?"

"전화기를 이르는 말은 덕률풍 말고도 많아. 전어기, 득률
풍……."

따르르. 따르르.

나는 엇, 하는 소리가 절로 나왔다. 전화기가 울리고 있었다.

따르르. 따르르. 따르르.

전화기는 어서 받으라고 보채듯 쉴 새 없이 울어 댔다.

"뭐야, 왜 이래."

순돌이가 뒷걸음쳤다. 나는 계속 울려 대는 전화기로 다가가
수화기를 들었다. 지지직거리는 잡음이 들려왔다. 나는 송화기

도 들어 입에 가까이 댔다.

"누구세요?"

나는 과감하게 말을 걸었다. 돌아온 것은 잡음뿐이었다. 나는 다시 한번 누구세요? 하고 물었다. 조금 전보다 목소리를 조금 높여서. 이번엔 잡음도 들리지 않았다. 한동안 침묵이 이어지는 가운데 다시 잡음이 들리더니 저쪽에서 연결된 건가? 하는 소리가 들려왔다. 나는 화들짝 놀랐다.

"네. 연결되었어요."

상대방은 잠시 말이 없다가 하아, 하는 숨소리를 냈다. 수화기와 송화기를 쥔 손에 긴장으로 땀이 났다. 그 순간, 목소리가 들려왔다.

"아아, 여긴 통신원 전무학당입니다. 인천 전화소입니까?"

통신원이라고? 하마터면 나는 송화기를 놓칠 뻔했다.

"또 혼선인가 봐. 잡음만 들리고 목소리가 안 들려."

이토록 잘 들리는데 상대방은 안 들리다니. 나는 다시 송화기에 입을 댔다. 목소리를 더 키워서 말했다.

"통신원 누구세요?"

"어? 잠깐. 사람 목소리가 들려."

순간 내 가슴이 뛰기 시작했다.

"제 목소리 들리세요?"

"네. 들려요."

이제야 들리는 모양이었다. 나는 마른침을 삼키고 송화기를 고쳐 잡았다.

"저기, 통신원 누구세요?"

'내가 누구냐고 물어보는데?' 하는 소리가 들리더니 상대방은 잠시 뜸을 두다가 대답했다.

"나는 이성열입니다. 거기 인천 전화소 맞습니까?"

성열 형님이라고?

"성열 형님, 저 강식이에요."

"네? 뭐라고요?"

"강식이요. 강식이."

"뭐? 강식이?"

철컥. 철컥.

나와 순돌이는 동시에 고개를 들었다. 빗장 푸는 소리가 위에서 들려왔다.

"야, 빨리 올라와."

길용이가 아래로 고개를 내밀어 소리쳤다. 목소리가 긴박했다. 나는 순돌이를 보며 먼저 올라가라는 눈짓을 했다. 순돌이는 빨리 올라오라는 말을 건네며 나무 계단을 올랐다. 나는 수화기에 귀를 바짝 댔다. 성열 형님의 목소리가 또 들려왔다.

"지금 어디야? 집에 벌써 전화기 놨어?"

"아니요. 아버지 작업장에 전화기가 있어요."

쿵쿵. 쿵쿵쿵.

이번엔 발소리가 났다. 다음 순간, 들려온 말은 "이 새끼들이!" 하는 외침이었다. 어렴풋이 예감하고 있었지만, 신경 쓸 겨를이 없었다.

"구해 주세요!"

필사적으로 그렇게 소리치고 나무 계단을 올랐다. 지하방에서 나오기 전, 고개를 내밀어 보니 험하게 일그러진 도리우치 앞에 무릎을 꿇고 앉아 있는 길용이와 순돌이가 보였다. 그리고 창고 문이 활짝 열려 있는 게 보였다.

"나머지 한 놈은 어디 있어?"

도리우치가 고개를 휙휙 돌리며 나를 찾았다. 나는 지하방에서 나와 그대로 도리우치를 향해 돌진했다. 놀란 도리우치가 허둥대며 뒷걸음치더니 제풀에 쓰러졌다.

"튀어!"

큰 소리로 내가 외쳤다.

같은 곳을 바라보는 우리

어두운 숲을 헤치고 달리며 나는 고개를 휘휘 돌렸다. 낮은 구름들 너머 어딘가에 달이 있어 간신히 나무들을 알아볼 수 있었다. 어느 방향으로 가고 있는지 알 수 없었다. 혹시 한 바퀴 돌아 다시 작업장으로 돌아가는 것은 아닌지 두려웠다.

"이 새끼! 거기 안 서!"

달리면서 등 뒤를 보니 도리우치가 포효하며 우리를 따라잡으려 했다. 어느새 주먹과 개구리눈까지 합세해 무서운 기세로 뒤를 쫓았다.

"잡혀서는 안 돼! 무슨 일이 있어도!"

소리치며 내가 속도를 내자 순돌이와 길용이도 속도를 더 냈다. 나는 다시 등 뒤를 확인했다. 셋이 한 덩어리가 되어 세상에서 가장 무서운 모습으로 달려오고 있었다. 잡아먹을 듯 벌린 입과 두 눈들은 거의 흰자뿐이었다. 거리가 얼마나 떨어져 있는지 가늠이 안 되었다. 하지만 그들은 달음박질이 빨랐고 나는 금방이라도 잡힐 것 같다는 예감이 들었다. 나는 다시 몸을 돌렸다. 이번에 잡히면 정말 끝장이겠구나, 하는 생각이 스쳤다. 숲길로 들어서자 빽빽한 나무들로 어두웠고, 다리는 천근만근이었고, 심장은 정신없이 빨리 뛰었다. 숨이 너무 차서 허억, 허억, 하고 짐승 소리가 났다.

그렇게 달리고 또 달렸다. 숨이 가쁘다 못해 심장이 아플 때까지 뛰고 있는데 왼쪽 방향에서 무언가 나타나 나도 모르게 그곳을 보았다. 언제 그리로 갔는지 길용이와 순돌이가 나를 향해 손짓을 하고 있었다. 나는 급히 왼쪽으로 방향을 틀었다. 주먹이 속도를 더 내더니 나를 쫓아 방향을 틀었다. 까닥하면 잡힐 거리였다.

바로 내 뒷덜미에 주먹의 시선이 느껴질 찰나, 순돌이가 튀어나오더니 주먹에게 나뭇가지를 휘리릭 던졌다.

퍽!

명중이었다.

"죽고 싶어 환장했구나."

하지만 주먹의 심기만 더 건드릴 뿐이었다. 주먹이 내 뒷덜미를 콱 잡자 나는 뒤로 딸려 나갔다. 그때 길용이가 혼신의 힘을 다해서 뛰어오더니 주먹의 배를 치받았다. 쿵. 주먹이 쓰러졌다. 도리우치가 험하게 인상을 쓰며 속력을 냈다.

"이얍."

이번엔 순돌이가 도리우치를 향해 돌진했다. 정수리로 턱을 들이받고는 흙바닥에 함께 쓰러졌다. 나는 어깨를 들썩이며 숨을 몰아쉬었다가 결심했다는 듯이 그들에게 달려갔다. 염소수염 아저씨처럼 땅을 탁, 박차 뛰어올랐다. 시야에 개구리눈이 보였다. 이이얍. 무작정 발을 뻗어 개구리눈의 얼굴을 가격했다. 하지만 개구리눈이 내 발을 피하는 바람에 나는 그대로 허공에서 뚝 떨어지고 말았다.

"아으윽."

나는 고통그러운 소리를 내며 바닥을 데굴데굴 굴렀다. 몸에 온통 흙이 묻었고, 입이며 코에도 흙이 들어갔다. 퉤, 퉤. 입에 들어간 흙을 뱉어 낼 때였다. 타—앙, 하는 총소리가 들려왔다. 이어 길용이의 비명이 숲을 흔들었다. 정신을 차리고 돌아보니 길용이가 순돌이를 부둥켜안고 있었다. 순돌이 허리 쪽에서 피가 흘렀고 길용이 손에서도 피가 흘렀다. 나는 상체를 부르르 떨며 거친 숨을 몰아쉬었다.

길용이가 순돌이를 아무리 흔들어도 깨어나지 않았다. 그 사이 도리우치가 길용이를 향해 총을 겨누는 게 보였다. 이미 한 번 당긴 방아쇠를 다시 당기는 건 그리 어려운 일이 아닐 터였다.

"길용아, 도망쳐!"

길용이는 고개를 세차게 저으며 움직이려 하지 않았다. 나는 자리에서 일어나 다시 한번 땅을 박차 길용이에게로 날아갔다. 바윗덩어리 같은 길용이를 있는 힘껏 끌어당겨 땅으로 곤두박

질쳤다. 타—앙! 소리가 또 한 번 숲을 흔들었다. 나는 어찌해야 할지 몰라 길용이를 껴안은 채 그대로 가만히 있었다. 길용이는 너무 떨고 있어 좀처럼 진정이 되지 않았다. 나 역시도 사시나무처럼 떨려 길용이의 몸을 더욱 세게 끌어안았다.

그 직후, 숲 어딘가에서 딱 하는 소리가 들렸다. 이어 따닥. 또 들렸다. 따닥. 따닥. 나뭇가지 밟는 소리였다. 이어 두두두두. 땅이 떨려 왔다.

"뭐지?"

도리우치는 머리를 움찔하더니 바르작거리던 동작을 멈췄다. 개구리눈과 주먹이 슬금슬금 다시 도리우치에게로 갔다.

"누가 오고 있는 거 같아요."

개구리눈이 연신 눈알을 굴렸다.

"주먹, 네가 확인해 봐."

도리우치는 목소리를 작게 줄인 채 속삭였다. 그러나 주먹은 움직이지 않았다. 그저 숨을 헐떡이며 소리가 들려오는 곳을 응시할 뿐이었다.

두두두두두.

소리가 점점 가까워지는 가운데 숲 저편, 한 무리의 병사들이 말을 타고 달려오는 모습이 보였다.

"뭐, 뭐야."

주먹과 개구리눈은 대지를 박살 낼 것 같은 기세로 달려오는 병사들에 놀라 뒷걸음쳤다. 도리우치는 갑자기 정신이 들었다는 듯 몸을 돌려 허겁지겁 달려 나갔다. 그 순간 병사 한 명이 말을 빠르게 몰아 도리우치를 덮쳤다. 거친 말발굽 소리가 산기슭에 울려 퍼지자 잠자고 있던 새 떼들이 일제히 날아올랐다.

"제기랄."

도리우치가 조용히 뇌까렸다. 나는 다시 순돌이에게로 달려갔다. 무슨 일이 일어나고 있는지 미처 생각할 수 없었다. 먼저 간 길용이가 순돌이 옆에 무릎을 꿇고 앉아 순돌이를 연거푸 불렀다.

"순돌아, 순돌아! 야, 오순돌!"

"어서, 데리고 가자."

순돌이를 살려야 하기에 내뱉은 말이었지만 말이 끝나기도 전에 나는 울음을 터뜨리고 말았다. 이번엔 길용이가 나를 끌어안았다. 길용이도 울고 있었다. 길용이의 뜨거운 눈물이 내 목덜미에 하염없이 떨어졌다.

"미…… 아……."

나와 길용이의 시선이 동시에 순돌이에게로 향했다. 순돌이가 뭐라고 또 말을 했지만 알아들을 수가 없었다. 나는 순돌이의 목소리를 듣기 위해 고개를 바짝 숙이고 귀를 가져갔다.

"미…… 안해…… 정말…… 미안……."

"하아, 진짜."

내 눈에서 눈물이 흘러내렸다. 흐릿했던 순돌이의 모습이 뚜렷해졌다. 가늘게 흘러나오는 길용이의 숨이 느껴졌다.

"강식아!"

어디선가 내 이름을 부르는 소리가 들려왔다.

"강식아."

또 들렸다. 나는 소리가 나는 쪽으로 고개를 돌렸다. 어둠 너머 횃불을 든 한 무리의 사람들이 오는 게 보였다. 얼마 지나지 않아 사람들의 형체가 보였는데 'T'자가 그려져 있는 흰옷을 입었고, 머리에는 한문 '電'자가 쓰인 모자를 쓰고 있었다. 성열 형님과 해철 형님이었다.

이윽고 형님들이 나와 길용이를 앞에 두고 반원 형태로 둘러쌌다. 순돌이를 보더니 번개라도 맞은 듯 놀란 얼굴을 했다. 그러나 이내 정신을 차리고 병사들에게 순돌이를 광제원*으로 데

*1899년에 세워진 국립 병원.

리고 가 달라고 부탁했다. 병사들이 순돌이를 태우고 출발하자 길용이가 그 옆에 붙어 따라갔다. 형님들은 긴 숨을 토해 냈다. 그리고 아무것도 묻지 않고 나를 두 팔로 끌어안았다. 그대로 떨리는 내 숨을 하나하나 헤아렸다.

"무슨…… 일이 있었던 거야?"

잠시 후 성열 형님이 조심스럽게 물었다. 나는 형님들에게 그동안 있었던 일을 쉬지 않고 쏟아 놓았다. 성열 형님은 주먹을 쥐고 죽일 놈 소리를 수없이 했다.

경무사와 병수 삼촌이 눈앞에 있다면 당장이라도 요절을 낼 것 같은 서슬이었다. 해철 형님은 시시각각으로 표정을 바꾸고 있었다. 활활 타는 것 같았다가, 온몸이 바짝 날을 세운 것 같았다가, 무정해 보였다가, 끝내는 침착한 얼굴이 되었다. 그 얼굴로 한쪽 방향을 가리키며 말했다.

"우리랑 저 숲을 가로질러 가자. 그 끝에서 왼쪽으로 들어가 쭉 따라가다 보면 인왕산으로 이어지는 입구가 보이거든. 같이 전신대를 찾아 경무청으로 가자."

나는 바로 고개를 흔들었다.

"안 돼요."

"뭐?"

해철 형님이 당황하는 기색을 보였다.

"저 때문에 순돌이가 총에 맞았어요. 형님들도 위험해질 수 있단 말이에요."

해철 형님이 성열 형님을 돌아보았다. 두 형님은 동시에 피식 웃더니 내게로 다시 고개를 돌렸다. 둘 다 그런 거 별로 신경 안 쓴다는 듯한 표정을 지었다.

"막내, 아니 강식아. 이제 이 일은 너만의 일이 아니야. 네가 한 말 잊었어? 조선의 통신권을 지키자고 했잖아."

"그래도……."

나머지 말을 전하려는 찰라, 해철 형님이 다짜고짜 손을 내밀었다.

"아, 됐고. 손 모아. 무조건 갈 거야."

성열 형님이 멈칫하다 무심하게 손을 얹었다. 나는 여전히 말을 하지 못했다.

"뭐 해. 빨리."

성열 형님이 답답한 듯 채근했다. 나는 형님들의 손을 오래도록 바라보았다. 그러곤 한참을 망설이고, 또 주저하다 결국 형님들의 손에 내 손을 올렸다. 그리고 뒤이어 다 함께 인왕산으로 향했다. 순간 차갑고 서늘한 바람이 우리에게로 불어왔다.

나는 어디에서 불어와 어디로 가는지 모를 그 바람을 온몸으로 맞으며 조금씩 앞으로 걸어갔다. 형님들은 아무 말도 않고 어딘가를 응시하며 걸었다. 또 한 번 바람이 불자 이번엔 눈을 뜰 수가 없었다. 그래서 형님들이 어디를 보고 있는지 알 수 없었지만, 그렇게 칼바람을 맞고 있으니 어쩐지 우리가 같은 곳을 바라보고 있다는 느낌이었다.

"그런데 어떻게 전화가 연결된 거예요?"

인왕산에 들어서면서 내가 물었다. 해철 형님이 나를 보며 대답했다.

"나와 성열 형님도 그 이야기를 하면서 여기로 왔다니까. 전에 미륜사 선생님이 조선은 아직 통신 체계가 갖추어져 있지 않아서 종종 혼선이 일어난다고 했잖아. 이번에도 그랬던 거지. 그런데 이번에 통화가 된 전화기가 네가 만들었던 전화기라는 거야. 아니다. 덕률풍이라고 해야겠구나. 아무튼 혼선이었지만 네 덕률풍이 작동한 거라고."

"네?"

내가 만든 전화기가 날 살릴 줄이야. 당황스럽기도 하고 흥분되기도 하여 입을 떼지 못하고 있는데, 해철 형님이 이어 말했다.

"구해 달라는 너의 말을 듣고 미륜사 선생님에게 갔어. 지금 북악산 작업장에 강식이가 있는데 구해 달라고 했다니까 그 즉시 통신국에 전화를 걸어 농상공부* 이운용 대신님과 통화를 하시더라. 바로 병사들이 와서 함께 이리로 온 거야."

"전화 한 통화로 그 모든 일이 일사천리로 진행된 거네요."

"그렇지. 그러니 왜놈들이 통신을 차지해 전쟁에 쓰려고 하는 거야. 아무튼 정신 똑바로 차리자."

해철 형님의 목소리가 비장했다.

"네!"

나는 곧장 고개를 끄덕였다.

얼마 후, 우리는 인왕산에서 전신대를 찾았다. 수레에 실은 채로 가져가려다가 들고 가는 게 더 낫겠다 싶어 수레에서 전신대를 내려 인왕산을 빠르게 벗어났다. 육조거리에 다다랐을 때 날이 밝아오고 있었다.

경무청에 도착한 우리는 땅바닥에 전신대를 내려놓고 거친 숨을 내뱉었다. 해철 형님은 담장에 등을 대고 지그시 눈을 감았다. 성열 형님이 깍지 낀 손을 길게 앞으로 내뻗어 기지개를

---

*농업, 상업, 공업, 통신, 해운 등에 관한 일을 맡던 관청으로 1895년에 설치되었다.

컸다. 사람들이 경무청 주위를 서성이며 우리 쪽을 흘끔거렸다.

"야, 저기."

해철 형님이 굳은 목소리로 말하며 검지로 어느 곳을 가리켰다. 그곳으로 고개를 돌리자 경무사의 모습이 보였다. 경무사 뒤로는 총검을 멘 순검 다섯 명과 병수 삼촌이 있었다.

"오 마이 갓. 어떻게 빠져나온 거야."

"지하방에 있는 전화기로 도움을 청했어요."

"뭐, 뭐라고? 말도 안 돼."

병수 삼촌은 어쩔 줄 몰라 하며 경무사를 쳐다보았다. 경무사는 우리의 얼굴을 차례대로 노려보다가 입을 뗐다.

"기어이 너희가 바보 같은 짓을 했구나. 정말 아무 의미 없는 짓을 했어."

갑자기 이건 또 뭔 소리야. 우리는 서로의 눈만 뚫어지게 쳐다보았다.

"곧 알게 될 거야."

보다 못한 병수 삼촌이 끼어들었다. 그때 사람들 사이에서 소란이 일었다. 어, 어, 하며 사람들이 좌우로 갈라지자 그 사이로 수레 하나를 끌고 오는 사람들이 보였다.

덜컹 덜컹, 덜커덩, 덜커덩.

수레바퀴 소리가 요란한 가운데 사람들이 술렁대기 시작했다.

"어, 어. 사람이 죽었소."

"뭣이?"

"수레에 사람이……."

나는 한참 눈을 깜박이다가 그 말의 뜻을 알아차리고 수레를 멍하니 쳐다보았다. 설마 하면서도 불길한 생각이 들었다. 형님들도 잠시 멍한 눈이었다. 이윽고 내 다리가 굼뜨게 움직여 수레에 이르렀다.

아버지였다.

어찌해야 할지 몰라 그대로 굳어 아버지를 보았다. 검게 변한 아버지의 얼굴에서 풀물이 묻은 저고리를 지나 흙이 이겨 박힌 바지로 내려왔다. 한 짝만 신겨 있는 신발 앞코에는 이름 모를 이파리들이 끼여 있었고, 봉두난발의 머리에도 붙어 있었다. 터진 저고리 사이로 피 묻은 속살이 희뜩였다. 수레 문을 여는 내 손이 떨렸다. 그 채로 아버지를 두 손으로 조심스럽게 땅에 내려놓았다. 터진 저고리를 고쳐 덮어 주고, 머리카락 사이에 낀 이파리들을 떼었다. 눈물이 후두둑 떨어졌다. 무릎을 꿇고 아버지의 차가운 손을 잡고 아버지를 연거푸 불렀다.

한참 뒤, 눈물이 조금씩 잦아들고 호흡도 느려졌다. 이윽고 눈물을 닦고 일어나서는 경무사를 빤히 건너다보았다. 가시지 않은 충격과 더해 가는 분노로 내 몸이 불붙은 것처럼 뜨거워졌다. 경무사는 유들유들한 웃음을 흘리며 나를 쳐다보았다. 나는 고개를 돌려 버리고 전신대를 세워서 잡고 있는 형님들에게로 갔다. 울지 않으려고 애쓰는 형님들과 차례대로 눈을 마주친 다음 아버지의 전신대에 손을 갖다 댔다.

"이 전신대는 한성 전화소 앞에 세워졌던 전신대입니다. 제 아버지가 세우셨지요."

내가 말을 꺼내자 구경하는 사람들의 소곤대는 소리며 기침하는 소리 따위가 뚝 멎었다. 병수 삼촌이 내 옆으로 급히 오더니 내 손을 잡으려 했다. 나는 재빨리 병수 삼촌이 잡으려는 손을 피했다.

"허, 이놈이 기어이."

병수 삼촌은 미치겠다는 표정이었다. 나는 아랑곳하지 않고 말을 이었다.

"여기 이 글씨 보이십니까? 사고가 나던 날에 제가 새긴 글씨입니다. 아버지가 전신대를 세울 때마다 글씨를 새겨 넣곤 했는데 이번엔 '나는 할 수 있다.'라고 새겨 넣었지요. 그리고 여기 밑둥 말입니다. 누군가 톱으로 잘랐는데 이것도 보이십니까?"

병수 삼촌은 반사적으로 내가 가리킨 곳을 보려다가 멈칫했다. 경무사가 고개를 살랑살랑 흔들고 있었다. 병수 삼촌은 그대로 뒤로 물러났다.

"이 톱자국만 봐도 아버지는 죄가 없다는 걸 알 텐데 경무사님은 전신대를 허술하게 세웠다며 죄 없는 내 아버지를 잡아갔습니다. 그리고 그것도 모자라 작업장을 빼앗고는 그곳에 불법으로 군용 전신을 개설해서 왜군의 전쟁을 도우려 하고 있습니다."

경무사는 바로 반박했다.

"전쟁이라니 당치 않다. 누가 그런 말도 안 되는 헛소리를. 나는 그저 조선의 미래를 위해 개설한 것이다. 나라가 흥하려면 많은 사람이 신문물을 제대로 다룰 줄 알아야 하니 통신기기들을 들여놓은 것이란 말이다."

경무사는 노기를 띠며 근엄하게 나를 나무랐다.

"이미 통신원의 전무학당에서 그 일을 하고 있지 않습니까?"

"전무학당만으로 나라가 어찌 흥한단 말이냐."

그 순간 사람들 속에서 "흥할 수 있습니다!"라며 소리를 지르는 이들이 있었다. 시선을 돌려 그곳을 보니 통신원 학도들이 사람들 틈에 모여 있었다. 통신원들을 본 경무사는 당황하는 기색이 역력했으나 짐짓 태연한 척했다. 그때 조용히 사람들 사이에서 누군가 앞으로 걸어 나오는 게 보였다. 다름 아닌 인성 형님이었다.

인성 형님은 경무사에게 고개를 까닥여 인사를 하고는 사람들을 향해 돌아섰다.

"전신대가 쓰러지던 밤, 뭔가 소리가 들리는 것 같아 나가 보니 전화소 앞에 누군가가 있었습니다. 이상해서 우물 뒤로 가서 보는데 이런 말소리가 들렸습니다. '박병수 그자가 그랬어. 경무사가 시키는 대로 하면 아버지를 빼 준다고. 그러니까 어서 하자.' 뭐 이런 말들이었습니다. 불빛도 달빛도 없어서 얼굴은 보이지 않았지만 확실하게 들렸습니다. 아, 그리고 그 둘은 합이 아주 잘 맞아 쉽게 일을 마쳤습니다."

"뭣이!"

경무사는 당황한 표정을 감추지 못했다.

"저도 할 말이 있습니다."

누군가 또 앞으로 나섰다. 놀랍게도 수자였다. 수자를 알아본 병수 삼촌이 지레 겁을 먹고 소리쳤다.

"이 계집애가 어딜 나서!"

"제 이름은 계집애가 아니라 김수자입니다. 김. 수. 자."

수자는 또박또박 쏘아붙이고는 얼굴에 잠시 웃음을 발랐다.

그리고 사람들을 보며 다시 말을 꺼냈다.

"제가 나선 이유는 전신대에 새긴 글씨에 대해 말하기 위해서
입니다."

수자는 한 발 더 앞으로 나갔다.

"나무를 다 하고 전화소 앞을 지나고 있을 때였습니다. 전신
대에 '나는 할 수 있다.'를 아주 바르고 깨끗하게 새겨 넣고 있
는 강식이에게 물었습니다. 왜 글씨를 새기냐고요. 그랬더니 하
는 말이 전신대가 세워질 때마다 뭔가 의미 있는 말을 새겨 넣
고 있는데 이번엔 '나는 할 수 있다.'를 새겼다고 했습니다."

수자가 강식이라고 할 때 나를 가리켰다. 나는 목이 메었다.
어쩌면 나와 형님들, 그리고 수자가 운명의 끈으로 연결되어 있
다고 느꼈다.

"허, 이년이. 라이어 치지 마."

병수 삼촌은 빠듯하게 눈꼬리를 올렸다.

"똥멍청이 아저씨. 아저씨나 거짓말하지 마세요."

수자가 어디 한번 덤벼 보라는 투로 천연덕스럽게 한술 더 뜨
고 나섰다. 사람들이 와, 웃었다.

"뭐라고?"

병수 삼촌이 수자에게 성큼 다가갔다. 수자는 눈썹 하나 까

닥하지 않았다. 나는 그런 수자를 보다 문득 이상한 느낌을 받고 홱 고개를 돌렸다. 총검을 멘 순검 한 무리가 발소리를 울리며 달려오고 있었다. 나와 형님들, 그리고 통신원 학도들은 약속이라도 한 듯 사람들 앞을 가로막았다. 경무사가 물었다.

"싸우게?"

물론 싸울 수는 없다. 누가 감히 총검을 가진 자와 맞서겠는가. 그런데 그 순간, 누군가 사람들에게 대오를 갖추도록 지시했다. 여태 보이지 않았던 염소수염 아저씨였다. 염소수염 아저씨 옆에 안경 아저씨가 검지로 안경을 스윽 올렸다.

염소수염 아저씨는 나를 바라보며 내게 말을 전달하려 손짓 발짓을 했다. 짐작건대 대오를 갖추라고 말한 사람이 별기군 출신 작은아버지라는 뜻 같았다. 내가 마구 고개를 끄덕이는 사이 대오라는 말을 알아들은 수많은 사람들이 순식간에 대오를 맞추었다.

"우리도 해 봐요."

"그럽시다."

지켜보던 사람들까지 우왕좌왕 가세하자 순검들의 낯빛에 살짝 불길한 기운이 스쳤다. 이윽고 대오를 갖춘 사람들이 조금씩 전진했다. 그 모습을 보는데 갑자기 가슴이 심하게 방망

이질 치기 시작했다. 반가움인지, 놀라움인지, 서러움인지 모를 떨림이었다.

"쏴라!"

경무사가 큰 목소리로 외쳤다. 하지만 다섯 명의 순검들은 총검을 내리고 뒷걸음쳤다. 자신들보다 몇십 배나 되는 사람들의 기에 질려 버린 듯했다. 병수 삼촌은 그대로 멀뚱한 눈이 되었다. 경무사는 입술을 꼭 깨물고 나를 노려보았다. 나는 정면으로 그 눈초리를 받아 내며 미동도 하지 않았다.

뼈대, 그리고 다시 시작

다음 날 아침, 아버지의 상여가 나갔다. 상여는 학도 형님들이 나서서 멨고, 득철 아재가 요령*을 흔들어 상엿소리를 메겼다.

득철 아재가 메기는 상엿소리는 구슬프고 구성졌다. 학도들은 김칫국에 밥을 말아먹고, 탁주를 한잔씩 걸친 다음, 득철 아재가 내는 상엿소리를 창창하게 받아 냈다. 낮고도 높은 내 울음소리에 맞춰 득철 아재가 요령을 울렸다. 그 소리에 어머니의 울음소리가 찢어졌다.

상여가 마을을 벗어나기 전, 득철 아재가 마을 앞에서 한참 서성거리며 익살을 부리자 남자 어른들이 비죽비죽 웃었고, 어머니는 더 소리 높이 울었다.

잠시 후 상여는 맑은 하늘 아래 호방하게 아버지의 작업장으로 향했다. 숙연함 속에서 아주머니들이 울기 시작했다.

이윽고 아버지의 작업장에 도착해 모두 언덕에 올랐다. 나무 묘지석들 옆으로 구덩이를 파서 아버지의 관을 묻었다. 봉분을 다듬고는 그 옆에 주저앉아서 오랫동안 울다가 일어섰다.

모두가 한동안 그곳에 머무르고 있는데 어디선가 수많은 반딧불이 날아올랐다. 빛들이 서로 흔들리며 가까워졌다가 멀어

*놋쇠로 만든 종 모양의 큰 방울.

졌고, 때로는 아버지의 작업장으로 날아갔다. 어머니는 말없이 눈앞에서 떠다니는 빛을 바라보았다.

"편히 쉬세요."

어머니의 젖어 든 눈동자가 반짝반짝 빛났다.

✤ ✤ ✤

며칠이 지나고, 드디어 한성 전화소가 개설되었다.

"모자 쓰고 가야지!"

뒤쫓아 나온 어머니가 학도 모자를 내밀었다. 나는 모자를 받아 들어 머리에 꾹 눌러썼다.

"다녀오겠습니다."

나는 어머니에게 인사하고 돌아섰다.

전차 정류소에 도착하니 막 도착한 전차가 승객들을 태우고 있었다. 늘어선 줄을 보아 하니 전차에 타지 못할 거 같아 발걸음을 돌렸다. 동대문통을 지나 종로 쪽으로 걷고 있는데 누군가 나를 향해 타닥타닥 달려왔다. 해철 형님이었다.

"형님!"

나는 해철 형님에게로 뛰어갔다.

"어이, 우리 막내."

해철 형님이 환하게 웃었다.

"왜 여기에 있는 거예요? 형님 집은 정동이잖아요."

"여기서 성열 형님이랑 인성이 만나기로 했거든."

해철 형님이 소맷자락에서 회중시계를 꺼내 보더니 몇 마디
더 했다.

"그나저나 왜 이리 안 오는 거야."

이리 갔다 저리 갔다 하는 모습이 꼭 똥 마려운 강아지 같았
다. 그때 무엇을 봤는지 한곳에서 시선을 떼지 못했다. 그 시선
을 좇자 수자가 지게를 멘 채 해철 형님에게 공손히 허리를 굽
혔다. 수자의 지게는 오늘도 나무가 한가득 부려져 있었다. 해
철 형님은 괜스레 얼굴을 붉히며 수자에게 오늘도 고생이 많네,
하며 미소 지었다. 어투엔 정중함이 배어 있었다. 굽혔던 허리를
편 수자가 어! 하며 나에게 손을 흔들었다. 나도 같이 손을 흔
들었다. 해철 형님이 나를 향해 고개를 홱 돌렸다. 돌연 당황한
표정이었다.

"뭐야, 둘이 왜 이렇게 친해."

"원래 알던 사이에요."

나는 잠시 해철 형님을 물끄러미 바라보다 다시 입을 뗐다.

“근데······.”

“······.”

“수자에게 관심 있어요?”

“뭐? 내가?”

“아니, 그게····· 좀 그래서요.”

“뭐가 그래서야?”

“수자를 보자마자 형님 얼굴이 벌게졌어요.”

해철 형님이 새삼 기어들어 가는 목소리로, 쑥스러워하며 한마디했다.

“티 나?”

“네.”

대답하며 나는 수자를 보았다. 그때 수자의 지게가 눈에 들어왔다. 나는 할 수 있다. 옆에 내 이름 석 자가 새겨져 있었다.

“아, 이런······.”

무심코 말이 흘러나왔다. 나는 수자에게로 황급히 뛰어갔다. 그리고 수자의 어깨를 잡아 지게를 고쳐 메 주는 척하며 글씨를 가렸다. 순간 “야!” 하고 짤막한 목소리가 들렸다. 그것이 해철 형님의 목소리임을 알았을 때 해철 형님의 모습은 이미 어디에도 없었다. 쿵, 하는 소리가 울려 퍼지고 지나가던 사람들이 목청을 높여 소리쳤다.

"아이쿠야!"

남자 어른이 놀라며 달려갔다. 해철 형님은 땅바닥에 누워 신음하고 있었다.

"의원 불러올까?"

해철 형님은 고통으로 인상을 쓰면서도 손을 내저으며 괜찮습니다, 괜찮아요, 하고 만류했다. 남자 어른은 석연찮은 표정으로 가던 길을 갔다.

"괜찮으세요?"

수자가 물었다. 해철 형님은 아무렇지 않은 듯 재빨리 일어섰다. 민망함에 얼굴이 또 벌게졌다. 이번엔 귀까지 벌겋게 물들어 있었다. 해철 형님은 괜찮다고 겨우 말하고 무슨 꿍꿍이인지 살피듯이 나를 바라보았다.

"뭐야. 얼굴이 왜 저래?"

익숙한 목소리가 들려 돌아보니 성열 형님과 인성 형님이 있었다.

"터지는 거 아냐?"

인성 형님의 말에 해철 형님은 말을 돌렸다.

"아휴, 왜 이렇게 늦게 왔어. 빨리 가자."

해철 형님이 황급히 달려 나가자 우리도 곧장 쫓아갔다. 어느 집 담장을 돌아 달려 나가는 해철 형님을 성열 형님이 따라붙더니 왼팔로 해철 형님의 목을 걸고, 오른손으로는 해철 형님의 머리를 철썩철썩 때렸다.

"무슨 일인지 빨리 말 안 해? 그 얼굴 뭐야. 응? 응?"

해철 형님은 얻어맞을 때마다 목을 움츠렸다.

하하하하. 거리에 우리의 웃음소리가 울렸다. 그런 형님들을 보며 걷고 있는데 수자가 내 옆으로 왔다. 문득 수자의 손이 내 손을 스쳤다. 나도 모르게 가슴이 펄떡여 몇 번이고 입술 안쪽을 깨물었다.

✖ ✖ ✖

"아이 참. 어르신. 어르신은 이쪽으로 오시고요. 그리고 아드님은 이리 서시고요."

전화소에 도착하자 교환수가 사람들의 줄을 세우느라 애를 먹고 있었다. 교환수는 계속 줄이 만들어지지 않자 우왕좌왕 대는 사람들 속을 파고들어 일일이 줄을 맞췄다. 이내 줄이 맞춰지자 전화소 안으로 들어오라고 외쳤다.

나와 형님들도 줄을 맞춰 천천히 전화소 안으로 들어갔다.
사람들은 호기심 어린 눈으로 벽에 걸인 전화 사용 규칙을 바
라보았다. 1각도 안 되게 말을 전하면서 5전이나 내라니, 저속
한 언사를 사용하면 통화를 중지시킨다니, 집에 전화를 설치하
지 않은 사람이 통화하려면 1리에 2전씩 선납하라느니, 하는 규
정들을 읽어 내려갔다.

"여보게."

상투를 튼 어르신이 들어왔다. 여봐란듯이 헛기침을 하고는
5전을 냈다.

"인천에 사는 내 딸과 이야기하고 싶네."

"알겠습니다. 아, 그런데 어르신. 따님이 집에 전화기를 설치
하였는지요."

"집이 아니라, 순신창*이오."

"아, 제물포에 있는 순신창이요. 한데 따님 이름이……."

"김순금일세."

"아, 네."

교환수는 환하게 웃고 귀걸이수화기를 쓰고 회신선을 교환

*미국 상인이 운영하던 무역회사.

160

대에 꽂았다. 다음으로 송화기를 들어 흠흠, 작게 목청을 가다
듬었다.

"거, 인천 전화소요? 순신창에 있는 김순금을 연결해 주오.
허, 그래요? 알겠소."

교환수가 뒤돌아 어르신을 쳐다보았다.

"잠시 기다리셔야 한대요. 아, 맞다. 어르신. 그동안 사진 찍
고 계세요."

개설일이라 특별히 사진사도 부른 교환수는 사진사를 급히
불렀다. 얼결에 어르신은 상투와 옷을 매만졌다. 잠시 후 사진
사가 어르신을 향해 카메라를 겨누었다. 찰칵. 셔터 버튼을 누
르자 펑, 하고 조명이 터졌다. 어르신은 하얀빛에 앞이 안 보이
는지 한참을 허우적댔다. 그러는 사이 성열 형님은 참견하고 싶
다는 표정으로 계속 기회를 엿봤다.

해철 형님과 인성 형님도 교환대 뒤에서 알찐대고 있었다. 곁
에서 내가 인상을 찌푸리고 눈치를 줘도 소용없었다.

"아, 연결됐네요. 이걸 귀와 입에 대고 이야기 나누십시오."

순간 사람들이 모두 어르신을 바라보았다. 한성 교환수는 수
화기와 송화기를 어르신에게 쥐어 주었다. 어르신은 수화기와
송화기를 각각 귀와 입에 대고 입을 뗐다.

"애야. 순금아. 잘 있느냐. 뭐라고? 이번에 온다고?"

어르신의 얼굴에 함박웃음이 피어났다. 사람들은 믿을 수 없다는 얼굴이 되었다.

"진짜 딸이오? 귀신 아니고?"

"아니, 인천에까지 어떻게 목소리가 들린단 말이오."

그때 창밖으로 염소수염 아저씨와 안경 아저씨의 모습이 보였다. 전화소 앞에 있는 전신대를 뚫어지게 보고 있었다.

"전신대에 글씨를 또 썼네."

"뭐라고 썼는데?"

"모두 감사합니다. 덕분입니다."

"참 내. 싱거운 녀석."

나는 창밖으로 아예 고개를 빼고 아저씨들이 이야기를 마치기를 기다렸다가 아저씨들을 불렀다.

"아, 너로구나."

"아저씨들, 어디 아프세요?"

며칠 만에 보는 아저씨들의 안색이 안 좋아 보였다. 조금 야위었고 볼이 홀쭉했다.

"뭐, 이런저런 일이 있었다."

"무슨 일이요?"

내가 물었다. 아저씨들은 대답도 하지 않고 발걸음을 돌렸다. 인왕산 가는 길목으로 걸어가는 아저씨들을 보며 소리쳤다.

"그 길은 인왕산인데요!"

"거기에 가는 거 맞다."

나는 고개를 갸웃거렸다.

"엥? 왜요?"

"그냥 놀러 간다."

"거긴 위험할 텐데요."

염소수염 아저씨가 휙 돌아서더니 물었다.

"이젠 위험하지 않다. 같이 갈래?"

"잠깐만요."

나는 형님들을 보았다. 나와 아저씨가 나눈 대화를 들었는지 다녀오라는 듯 고개를 끄덕였다. 나는 모자를 다시 꾹 눌러쓰고 앞서가고 있는 아저씨들에게로 달려갔다.

그렇게 나는 또다시 인왕산으로 향했다. 얼마 못 가 오붓한 길이 나타났고 이내 인왕산 입구로 들어가는 길이 보였다. 염소수염 아저씨가 먼저 거침없이 들어섰고, 나와 안경 아저씨는 그 뒤를 따라갔다. 이윽고 인왕산 봉수대 앞에 이르렀을 때 나는 깜짝 놀라고 말았다. 메말라 있던 가시나무들이 싹 다 베어지고 '출입금지'라고 적힌 나무판이 없어졌다. 황량한 바람이 불던 봉수대에 전에는 느낄 수 없었던 따뜻한 봄바람이 불어왔다. 오두막도 깔끔하게 새로이 단장되었고, 죽은 듯 보였던 나무들에는 잎이 돋아나 푸르렀다.

"와아, 어떻게 된 일이에요?"

놀란 목소리로 내가 물었다.

"네 덕분에 이렇게 됐지."

안경 아저씨가 대답했다.

"네?"

나는 눈을 동그랗게 떴다.

"네 덕분에 다시 시작하기로 했단다. 이 봉수대를 다시 지키기로."

염소수염 아저씨는 내 얼굴을 힐끔 보더니 다시 눈을 돌렸다. 그다음부터는 한 번도 나에게 고개를 돌리지 않고 이야기했다.

"변해 가는 조선을 보면서 우린 앞으로 무얼 해야 하나, 할 수 있는 게 있을까, 했다. 근데 네가 피운 봉화를 본 순간, 잠자고 있던 불씨가 살아난 기분이었다. 하여 다시 시작하기로 했다. 통신의 시작은 여기니까 우리가 잘 보존하기로 말이다."

안경 아저씨는 말없이 듣고 있다가 가볍게 입을 열었다.

"봉수대가 가장 빛났던 시기가 지나고, 사람들을 지켜 주었던 세월의 힘이 남아 있지 않지만, 뭐 상관없다. 그냥 뼈대가 튼튼해야 오래간다고 알려 주고 싶었거든. 그래서 둘이서 이곳을 치웠지. 여기서 봉화를 한 번 더 피울 수 있으면 좋겠지만 이미 봤으니까 그걸로 됐다."

두 아저씨의 한없이 낮고 깊은 목소리의 울림에 알 수 없는 감정이 밀려왔다. 이상하게 눈물이 나려는 것도 같았다.

"아!"

무언가가 생각났다는 듯 안경 아저씨가 나를 보았다.

"순돌이는 어떻게 되었느냐?"

"몸이 좋아지고 어머니와 인천으로 다시 갔어요. 순돌이 아버지가 인천 감옥으로 후송되었거든요."

"길용이도 같이 갔겠구나."

"······네."

안경 아저씨는 별말 없이 고개를 끄덕였다. 그리고 얼마 있다 나를 물끄러미 바라보며 입을 뗐다.

"경무사 대신 병수 삼촌이 감옥에 갔다면서."

말끝을 올리지 않아 질문인지 아닌지 확실치 않았다. 나는 숨을 깊이 들이마시고 겨우 말했다.

"경무사가 병수 삼촌한테 죄를 다 뒤집어 씌웠거든요."

"일본 관리를 등에 업었으니 가능하지."

염소수염 아저씨가 고개를 쳐들었다. 눈꼬리가 떨렸다.

잠시 정적이 흘렀다. 나는 봉수대를 돌아보았다. 그리고 돌아서서 내가 올라온 길을 한참 동안 내려다보았다. 문득 전신대에 글씨를 썼던 날부터 아버지가 잡혀가던 밤과 봉수대에 갇혀 있었던 밤, 병수 삼촌의 배신, 그리고 아버지의 작업장에 설치된 전화기, 그 전화기로 통신을 보냈던 일, 북악산으로 학도 형님들이 와 준 일들이 겹치며 내 머릿속을 빠르게 지나갔다. 아득하고 고요한 여운이 봉수대에 너울댔다. 이윽고 아저씨에게로 고개를 돌렸다.

"일을 겪으면서 분명히 깨달은 게 있어요."

"그게 뭔데?"

안경 아저씨가 물었다.

"용기를 더 낼 수 있겠구나…… 아니, 더 내야겠구나."

"그래…… 그래야겠지."

염소수염 아저씨의 작고 힘없는 목소리에 마음이 아팠다. 나는 괜히 분위기를 어둡게 만든 거 같아 너스레를 떨었다.

"아 참. 전신대에 쓴 '모두 감사합니다. 덕분입니다.' 이거 무슨 뜻인지 아세요?"

두 아저씨들은 잠시 눈을 굴렸다. 마땅한 대답을 찾지 못하는 거 같아 내가 답했다.

"저를 도와주셨던 사람들에게 드리는 감사예요. 가장 감사한 분은 당연히 아저씨 두 분이고요."

염소수염 아저씨는 자식, 하며 내 어깨를 때렸다. 나는 작게 웃었다.

"아, 그리고 저 염소수염 아저씨가 가르쳐 준 무예를 썼어요."

"엥? 언제?"

염소수염 아저씨가 화들짝 놀랐다. 나는 경무사의 코를 팍! 쳤던 그날의 일을 들려주었다. 내 이야기를 다 듣고 난 염소수염 아저씨가 크게 웃었다.

"아저씨, 이참에 무예를 제대로 배우고 싶은데 가르쳐 줄 수 있어요?"

염소수염 아저씨는 고민도 없이 벌떡 일어나 봉수대 앞으로 휘적휘적 걸어 나갔다.

그리하여 우리는 봉수대 앞에 섰다.

히얍! 하!

"좀 더 세게 뻗어."

"네!"

나는 크게 소리치며 있는 힘껏 주먹을 뻗었다. 그 순간, 어디선가 바람이 불어왔다. 봉수대에서, 아저씨에게로, 나에게로. 바람은 우리 주위를 오랫동안 맴돌며 사라졌다. 그 바람이 뭔지 잘 모르겠지만, 뭔가 시작되려는 바람이라는 건 분명했다. 나는 그 '시작'이 다시 내 앞에 놓여 있다는 사실에 설렘과 두려움을 동시에 느꼈다.

뜨거운 함성

대한제국 광무 9년(1905년) 5월, 한성

일본은 기어이 전쟁을 일으켰다. 이번엔 노서아였다. 전쟁을 일으키고 얼마 후, 일본은 조선 황제에게 한일의정서를 내밀었다. 의정서 조항 안에 통신권을 장악하고 우편사업도 확정 짓겠다는 내용이 있었다.

말도 안 되는 이 조항에 불복하기 위해 통신원의 모든 학도들, 그러니까 전무학도, 우무학도들은 오늘 궁 앞에 집결하기로 했다. 황제에게 협약을 철폐하는 것은 물론이고 매국 관료를 처단하라고 외칠 작정이다. 밤이 될 즈음이면 전국 각지의 유생들과 예전 봉수대 봉수군들이 와 주어 뜻을 함께하기로 했다.

늦지 않게 궁에 도착한 나에게 성열 형님이 무기 하나를 쥐어 주었다. 긴 낫이었다. 나는 낫을 받아들고 통신원 학도들이 있는 곳으로 갔다. 모두 손질이 잘 된 학도복을 갖추어 입었고 손에는 각자 무기들이 들려 있었다.

"어서 와."

해철 형님이 반가워하려는 찰나, 한때 통신원 총판이었던 민상호 대감의 모습이 보였다. 학도들은 약속이라도 한 듯 모두 민상호 대감을 쏘아보았다.

민상호 대감은 한일의정서가 체결되자마자 일본 관리에게 공직을 받아 강원도 관찰사가 되었다. 전신과 전화기의 확충을 위해 많은 노력을 하였고, 특히 재작년 한성 전화소를 개설한 일등공신이건만 어찌하여 그 모든 걸 포기하였는지. 모두 개탄을 금치 못했었다.

"저놈 좀 봐라."

'저놈'은 바로 경무사였다. 이자는 남의 이목 따위 진작부터 신경 쓰지 않았다는 얼굴로, 잘못한 게 없으니 당당하다는 얼굴로, 저놈들이 또 건방을 떠는구나, 하는 얼굴을 했다.

"천하의 나쁜 놈들!"

성열 형님이 갑자기 날뛰었다. 오른손을 크게 휘둘렀다. 성열 형님의 손에 날카로운 검이 들려 있었기 때문에 해철 형님이 "안 돼!" 비명을 지르며 성열 형님의 오른손을 잡아챘다. 인성 형님은 그대로 성열 형님을 끌어안았다. 보고 있던 학도들이 뭐라고 말하면서 달려갔고, 옆에 있던 다른 학도도 걸음을 내디뎠다. 거친 숨소리와 어지러운 발소리가 이어지던 끝에 성열 형님이 또 한 번 소리쳤다.

"어떻게 그럴 수 있어요. 어떻게!"

감정이 고스란히 드러나는 목소리였다. 민상호 대감은 학도

들의 시선을 피하듯 몸을 돌렸다. 경무사도 코웃음 치며 발을
돌렸다.

어둑해질 즈음, 나는 피로해지기 시작했다. 눈은 진작부터 욱
신거렸는데, 덩달아 머리도 아파 왔다. 하지만 내색하지 않으려
애썼다. 하루면 된다고, 반드시 이 일을 해내야 더 이상 우리의
통신을 노리지 않을 거라고. 나는 마음을 다잡으며 무기를 고
쳐 쥐었다.

날이 점점 어두워지자 학도들이 궁 주위에 횃불을 밝혔다. 평
소와는 달리 가로등이 꺼져 있었기 때문이다.

불을 보고 찾아오기라도 하는 것처럼, 그때부터 유생들과 봉
수군들이 속속들이 모여들기 시작했다.

"오시느라 고생 많으셨습니다."

해철 형님이 염소수염 아저씨와 안경 아저씨에게 정중히 인사
했다.

"고생은 뭘."

염소수염 아저씨가 부드럽게 웃었다.

"어, 쟤네는!"

해철 형님이 검지로 앞을 가리켰다. 다름 아닌 길용이와 순돌
이었다. 머리를 짧게 자르고 말쑥하게 차려입어서 하마터면 몰

라볼 뻔했다. 손에는 무기라면 무기인 돌멩이를 쥐고 있었다.

"오랜만이지?"

순돌이가 그렇게 말하며 내 얼굴을 슬쩍 쳐다봤다. 그러곤 눈을 내리깔고 들릴 듯 말 듯한 목소리로 다시 말했다.

"꼭 다시 만나고 싶었어."

목소리가 다정해서 나는 좀 당황했지만, 순돌이가 민망해할까 봐 내색하지 않았다. 사실은 그 둘이 무척 반가웠다.

"뭐 하냐, 이리 데려오지 않고."

안경 아저씨가 내 어깨를 툭 쳤다. 나는 그 둘에게 다가갔다.

"이쪽으로 와. 너희 때문에 사람들이 지나가지 못하잖아."

나는 길용이와 순돌이의 소매를 슬쩍 잡아당겼다. 둘은 웃으며 학도들 사이를 비집고 들어갔다.

콰릉! 쾅!

느닷없이 천둥이 쳤다.

산 하나가 통째로 날아갈 것 같은 굉음이었다. 생각지 못한 천둥에 학도들이 넋을 잃더니 퍼뜩 정신을 차려 하늘을 올려다보았다. 몇몇은 놀라 비명을 지르며 몸을 웅크리기도 했다. 나도 굉음에 정신을 차리고 고개를 들었다. 이마에 뭔가 차가운 것이 떨어졌다.

"비?"

그 한마디가 무슨 신호라도 된 것처럼 비가 퍼붓기 시작했다. 주변을 밝히던 횃불들이 비를 맞고 가물거리다가 꺼져 버렸다. 하늘도 비구름에 가려지면서 곧 천지가 어둠에 잠겨 들었다. 학도들은 우왕좌왕하며 어쩔 줄 몰랐다. 그때, 나는 무언가가 다가오는 것을 느꼈다. 보이지는 않았지만 분명히 느껴졌다.

'뭐지?'

나는 주위를 두리번거렸다. 어두워서 거의 보이지 않았다. 옆에 있는 형님들 얼굴만 간신히 알아볼 정도였다.

"발소리야."

폭우와 어둠 때문에 갈팡질팡하던 학도들이 일제히 동작을 멈추었다.

"경무사가 보냈느냐?"

누군가 그렇게 물었다. 대답은 들려오지 않고 대신 빗줄기가 가늘어졌다. 하늘에서 먹구름이 빠른 속도로 물러가고 있었다. 잠시 후 비가 완전히 그치고 달빛이 궁 주위를 비췄다. 이때까지 모습을 드러내지 않던 일본 병사들이 궁 주위로 서서히 몰려오기 시작했다. 전보다는 확실히 많은 숫자였다.

그때 물러간 줄 알았던 먹구름이 다시 달 주위로 모여들기 시작했다. 또 한 번의 어둠 속에서, 일본 병사의 목소리가 들려왔다.

"전진!"

나와 형님들은 필사적으로 주위를 두리번거렸지만 세상을 삼켜 버린 어둠이 너무도 진했다. 우리는 공포와 분노가 뒤섞인 비명이 튀어나오려는 것을 간신히 참으며 다시 귀를 기울였다. 어둠 속에서 큰 덩어리가 움직이는 듯 땅이 울리는 소리가 들려왔다.

또 한 번 천둥이 쳤다.

벽력이 지나가면서 짧은 순간이나마 내 속을 들키고 말았다. 나는 어둠이 감추고 있던 광경에 하마터면 그 자리에 주저앉을 뻔했다. 일본 병사들이 총검을 쥔 채 우리를 노려보고 있었다. 놀란 유생 몇몇이 화들짝 놀라 달아나려고 했지만, 그 순간 내 손이 그들의 팔을 붙잡고 놓아 주지 않았다. 달아나려던 유생들이 몸을 비틀며 반항했다. 나는 어어, 하면서 그들을 놓치고 말았다.

해철 형님이 핏대를 세우며 소리쳤다.

"이런, 빌어먹을!"

"짐작한 일이었잖아. 안 그래?"

그렇게 말하는 인성 형님의 목소리가 갈라졌다. 어둠 너머 경무사의 목소리가 쩌렁쩌렁 들려왔다.

"항복해라! 항복하는 자는 선처하겠다!"

그러나 아무도 움직이지 않았다. 우리 모두는 떨리는 숨을 토해 내며 서로를 돌아보았다. 두려움 속에서 눈빛만은 결연했다. 내가 입속으로 뭐라고 중얼거리자 성열 형님이 내 쪽으로 고개를 돌렸다.

"뭐라고?"

나는 성열 형님에게로 바짝 다가갔다.

"우리 또 봐요."

성열 형님은 영영 대답하지 않을 것처럼 입을 다물었다가 갑자기 말했다.

"그래 또 보자."

성열 형님이 손을 내밀었다. 해철 형님과 인성 형님, 그리고 내가 그 손을 잡았다.

"그럼 먼저 간다."

성열 형님이 얼굴을 보이고 싶지 않은 듯 제일 먼저 앞서 달려 나갔다. 일본 병사들 중 우두머리가 손짓을 했다. 병사들은 수신호에 즉각 반응했다.

타앙.

첫 총성이 울렸다. 기다렸다는 듯 봉수군들이 와아, 하고 함성을 지르며 돌진했다. 염소수염 아저씨와 안경 아저씨가 나를 돌아보았다. 내가 웃어 주자 다시 뒤돌아 달려 나갔다. 이어 학도들이 우르르 몰려 나갔다. 해철 형님과 인성 형님이 앞서거니 뒤서거니 달렸다. 순돌이와 길용이는 잠시 머뭇대다 에라, 모르겠다, 하며 쿵쿵 뛰어갔다.

낫을 고쳐 쥐며, 나는 내 앞의 누군가를 향해, 혹은 나에게 혼잣말을 했다.

"나는 할 수 있다……."

그리고 그날 밤, 나는 처음으로 아버지 꿈을 꾸었다. 내가 아버지 무릎에 앉아 있었다. 창으로 달빛이 비쳐 들어와 나와 아버지를 비추었다. 아버지는 내가 마지막으로 보았던 옷을 그대로 걸치고 있었다. 하얀 무명 저고리가 달빛을 받아 밝게 빛났다. 나는 다시 잠이 들었고, 아버지 곁에서 덕륭풍 만드는 꿈을 오래오래 꾸었다.

작가의 말

오늘은 누가 내 귀에 말을 전하는 것처럼 글이 잘 써진다. 어떤 날은 갈 길이 한참인데 화면 속 커서는 오랫동안 헤매기도 한다. 그럴 땐 고개를 돌려 고양이들을 바라본다.

남편이 어느 건물 천장에서 구조한 고양이를 시작으로, 어느새 세 마리로 늘어났다. 비가 억수같이 쏟아지던 날에 딸이 데리고 온 녀석, 세 번이나 파양당한 녀석…….

십 년이 넘는 계절을 함께 지내다 보니 가족만큼이나 든든한 동반자처럼 느껴진다. 그럴 때면 기특하기도, 뭉클하기도, 벅차오르기도 한다. 그러다 문득 혼자 머쓱해져 휴대폰을 들어 고양이들을 찍는다.

"휴대폰에 사진기라니. 참 놀랍지?"

강식이에게 말을 건넨다. 나는 종종 원고 속 인물들에게 말을 거니까.

"아, 참으로 놀랍습니다."

강식이가 대답한다.

세상은 스마트폰 시대가 된 지 오래다. 스마트폰으로 보지 않는 무언가가 있을까 싶을 정도다. 그리고 길든 짧든 어딘가로 향하는 우리는 스마트폰을 충전한다.

사실, 진정한 충전이 필요한 존재는 따로 있다. 바로 '사람'이다. 신체와 정신은 배터리와 같이 소진되기 십상이고, 충전을 하지 않으면 살아남을 수 없는 날들이 많다.

나는 『덕률풍』을 출간하고 비로소 충전의 시간을 맞이하고 있다.

7년 전 어느 날이었다.

두 번째 책 『1895년 소년 이발사』가 나오고 얼마 지나지 않아, 우연히 조선 시대 통신에 관한 기사를 읽게 되었다. 글 가운데 '덕률풍'이라는 단어와 '덕을 펼치는 바람'이라는 뜻이 내 마음을 흔들었다. 나는 홀린 듯 조선 시대 통신에 관한 정보와 책, 그리고 문헌을 뒤지기 시작했다.

그러나 초창기 통신기관은 어디이고, 최초로 개통된 시기는 언제이며, 통일되지 않은 명칭까지……. 체계적이지 않은 자료에 막혀 앞으로 나아가지 못했다.

그로부터 5년이 지나고, 그토록 찾아 헤매던 정보가 정리된 책이 나왔다. 그리하여 오랫동안 마음에 품었던 '덕률풍'을 다시 쓰게 되었다. 하지만 2년 남짓한 시간 동안 각기 다른 내용의 '덕률풍' 세 편이 지어졌고, 그중 세 번째로 지은 이야기가 출간되었다.

세 편의 '덕률풍'이 지어지는 동안 겉으론 평온을 유지했지만, 속으론 아주 많이 고통스러웠다. 아무리 열심히 걸어도 결국에는 제자리를 맴돌고 있다는 기분이 나를 불안하게 했다. 덕분에 나는, 세 편의 인물들에게서 응원을 받아 '글근육'이 붙게 되었다.

그래서 이 책은 좀 특별하다. 글을 고치는 동안 그들이 나에게 주었던 따뜻한 말과 깨달음은 내가 지나쳤던 각별한 순간들을 기억나게 해 주었다.

그래서일까. 책 곳곳에는 내 마음이 전해졌으면 하는 분들이

나온다. 나의 어머니(김수자), 아버지(이성열), 그리고 지난해 돌아가신 시어머니(김순금)가 그분들이다. 매 순간 전하지 못한 내 마음을 이 책을 통해 대신하고 싶다.

사랑하고 또 사랑하고, 늘 사랑했습니다.

일상의 늪에서 헤어나 잠시 고양이들을 만질 때, 이야기한다.
"오늘도 지나갔어. 다들 이렇게 힘내자."
강식이처럼 아무도 듣지 않을 조용한 응원을 보낸다.
그런 의미로 최성휘 편집자님께 감사의 말을 전한다. 처음부터 끝까지 응원해 주었고, 힘을 주었다. 진심으로 감사하다. 나의 스승이었던 한정영 선생님께는 특별히 더 감사드린다.

2023년 가을
이승민

덕을 펼치는 바람 **덕률풍**

1판 1쇄 펴낸날 2023년 9월 20일
1판 3쇄 펴낸날 2024년 7월 30일

지은이 이승민
펴낸이 김민지

편집 최성휘, 박다예
디자인 서정민
마케팅 장동환, 김하연

펴낸곳 미래M&B
등록 1993년 1월 8일(제10-772호)
주소 04030 서울시 마포구 동교로 134 미진빌딩 2층
전화 02-562-1800(대표)
팩스 02-562-1885(대표)
전자우편 mirae@miraemnb.com
홈페이지 www.miraeinbooks.com
블로그 blog.naver.com/miraeibooks
인스타그램 @mirae_inbooks

ISBN 978-89-8394-956-1 (43810)